Eduard Horace

Die Oden

Eduard Horace

Die Oden

ISBN/EAN: 9783744637831

Hergestellt in Europa, USA, Kanada, Australien, Japan

Cover: Foto ©Andreas Hilbeck / pixelio.de

Weitere Bücher finden Sie auf **www.hansebooks.com**

Die

Oden des Horaz

in

deutschen gereimten Versen.

Von

Eduard Bürger.

〜〜〜〜〜〜〜〜〜〜〜〜〜
Zweite Ausgabe.
〜〜〜〜〜〜〜〜〜〜〜〜〜

———◦◦◦———

Pforzheim,
Druck und Verlag von J. M. Flammer.
(W. Behrens.)
1861.

Vorwort.

Es ist an der Zeit: daß wir von der Meinung zurückkommen, als ob wir in den lyrischen Versmaßen der Alten dichten könnten. Bei selbst hervorgebrachten Gedichten fällt es seit langer Zeit Niemanden mehr ein, diese Versmaße zu gebrauchen. Bei Uebersetzungen der alten Dichter aber besteht immer noch das Vorurtheil, daß man sie in ihrer eigenen Form wiedergeben müsse, als ob Uebersetzen bloß hieße: in deutsche Worte und nicht auch in deutsche Form übertragen. Die unbestritten einzige Form für lyrische Dichtkunst ist im Deutschen der Reim, und in diesem müssen wir auch die alten Gedichte wiedergeben, wenn sie deutsch sein sollen.

Es bestehen nun neben den vielen metrischen Uebersetzungen der Oden des Horaz bereits drei gereimte. Eine von Rosenhayn aus nicht weniger als 92 Dichtern zusammengetragene Sammlung, allzu ungleichförmig und veraltet. Eine andere von Kannegießer, welche hie und da etwas mehr Geschmack zu wünschen übrig läßt, und eine dritte von Nürnberger, welche auf eine unpassende Weise modernisirt ist. Der Verfasser glaubt den vielen Verehrern des Horaz eine willkommene Gabe zu bieten, indem er ihnen denselben mit möglichster Treue in deutscher Sprache und deutscher Form nahe bringt.

Erstes Buch.

1. Ode. An Mäcenas.

Mäcenas, königlicher Ahnen Sohn,
Du mein Beschützer und mein süßer Lohn!
Dem Einen macht es Freude auf dem Wagen
Den Staub Olymprias umher zu tragen,
Und wenn er gar einmal mit heißem Rad
Geschickt den letzten Rang umlaufen hat,
So heben ihn der edlen Palme Blätter
Als Herrn der Welt hinauf zum Thron der Götter.
Der Andre wird vom Schwarm des Volks entzückt,
Das launisch ihn mit hohen Ehren schmückt.
Der Dritte möchte Alles sammeln können,
Was nur gesegt wird auf den lyb'schen Tennen. —
Wer sein ererbtes Feld mit frohem Muth
Bebaut, den bringst du nicht mit Attal's Gut
Dazu, sich auf Myrtöus Meer zu wagen,
Von leichtem cyprischem Gebälk getragen.
Die Ruh und das Gefild des Städtchens lobt
Der Kaufmann ängstlich, wenn der Südwind tobt
Im del'schen Meer, jedoch in wenig Tagen,
Da er die Armuth nicht versteht zu tragen,

Stellt er die Trümmer seines Schiffes her. —
Auch weiß ich Einen, der es nimmermehr
Verschmäht, beim alten Massiker zu zechen
Und einen Theil vom Tage abzubrechen,
Bald an den Ursprung heil'ger Quellen hin
Gestreckt, bald in der Büsche dunklem Grün. —
Auch giebt es, die am Lager sich erfreuen,
Am Krieg, vor welchem sich die Mütter scheuen,
An der Trompeten und der Zinken Ton. —
Der Jäger bleibt, der jungen Gattin schon
Vergessend, unterm kalten Himmel wach,
Sei's, daß ein Marserschwein das Garn durchbrach,
Sei's, daß die Hunde einen Hirsch ersahen. —
Mich wird den Göttern des Olympus nahen
Der Erheu, der gelehrte Stirnen ziert.
Im kühlen Haine, wo den Reigen führt
Die Nymphe und der Satyr, lieg ich ferne
Vom Volke, wenn die lesb'sche Leier gerne
Mit Saiten Polyhymnia bespannt,
Und mir die Flöte reicht Euterpes Hand,
Willst du mich zu den lyr'schen Dichtern zählen,
So wird mein Haupt den Sternen sich vermählen.

2. Ode. An Augustus.

Genug des Schnee's, genug der wilden Schloßen
Hat Vater Zeus auf unser Land gegoßen,
    Die Flammenhand nach Tempeln ausgereckt
    Und unsere Stadt mit seinem Zorn geschreckt.

Er macht uns bang: es möchte wiederkehren
Der Pyrrha Zeit mit neuen Schreckensheeren,
    Als Proteus seine Herde allzuhauf
    Die Höhen des Gebirges trieb hinauf.

Daß Fische hiengen an der Ulmen Wipfeln,
Wo Tauben sonst genistet in den Gipfeln,
    Um auf der angestauten hohen See
    Daher geschwommen kam das scheue Reh.

Wir sah'n den Tiber-Gott die gelben Wellen
Von dem etrur'schen Ufer rückwärts schwellen;
    Das Königs-Denkmal stürzt' er wüthend um
    Und drohte dem vestal'schen Heiligthum.

Er ließ, um Ilias Klageruf zu rächen,
Die Fluthen über's linke Ufer brechen,
 Selbst wider Jupiters gerechten Schluß,
 Ein allzu sehr dem Weib gefäll'ger Fluß.

Es hört von Bürgern, welche Schwerter wezten,
Die besser sie mit Perserblut benezten,
 Es hört von Schlachten unsrer Enkel Saat,
 Vermindert durch der Väter Frevelthat.

Zu welchem Gotte soll das Volk sich kehren,
Den Umsturz seines Reiches abzuwehren?
 Mit welchen Bitten soll der Jungfrau'n Chor
 Sich wenden zu der Vesta taubem Ohr?

Wem wird den Auftrag Jupiter ertheilen,
Den Frevel zu versühnen und zu heilen? —
 Ach endlich komm' Apoll, wir fleh'n dich an,
 Mit Wolkenglanz die Schultern angethan!

Doch willst du lieber mit der süßen Miene,
Von Lieb und Schmerz umflattert, Erycine?
 Vielleicht, o Vater, wendest du den Sinn
 Zu deinen lang vergeß'nen Enkeln hin?

Bist endlich müd' vom langen Waffentanze,
Du, der sich freut am Schlachtenruf, am Glanze
   Des Helms und an des Mauren Trutzgesicht,
   Der ohne Pferd mit blut'gen Feinden ficht.

Wie, oder schwangst du dich zur Erde nieder
Gehüllt in eines Jünglings schlanke Glieder,
   Und hast, o Sohn der Maja, es vergönnt,
   Daß dich die Welt den Rächer Cäsars nennt.

O kehre spät zum Himmel, bleib' hienieden
Noch lange gnädig unter den Quiriten,
   Entzieh' dich wegen unsrer Sünden nicht
   Auf schnellen Lüften unsrem Angesicht.

Laß lieber dich als Fürst und Vater preisen
Und dir die Ehre des Triumphs erweisen,
   Und duld' als Feldherr nicht, daß zügellos
   Der Meder tummle ungestraft sein Roß.

3. Ode. An Virgil.

So möge dich die mächt'ge Cypris leiten,
    Der Dioscuren helles Doppellicht
Und Aeolus mit günst'gem Hauch begleiten,
    Die Winde fesselnd, nur den Japyx nicht.
O Schifflein, denn es ist dir übergeben
    Virgilius, ein heilig theures Pfand,
Bewahr' ihn, denn er ist mein zweites Leben,
    Und führ' ihn sicher an Athene's Strand.

Dem Manne war um seine Brust gezogen
    Ein dreifach' Erz, der sich zuerst vertraut
Auf schwankem Kahn des Meeres grausen Wogen,
    Dem vor dem Africus es nicht gegraut,
Wenn er dem Aquilo entgegen brauset,
    Der trotzte der Hyaden finst'rem Heer
Und selbst dem Notus, der am schlimmsten hauset,
    Er schwelle oder senke nun das Meer.

Vor welchem Tode mochte der erbeben,
    Der Meeresungeheuer hat geseh'n
Mit trock'nem Aug' und Stürme sich erheben
    Um die berüchtigten ceraun'schen Höh'n? —
Umsonst hat um die Länder hergezogen
    Ein weiser Gott den tiefen Ocean,
Wenn doch mit frechem Kahn auf seinen Wogen
    Der Mensch befähret die verbot'ne Bahn.

Es stürzet von Verbrechen zu Verbrechen
    Der Sterblichen Geschlecht mit tollem Muth.
So brachte uns Prometheus durch den frechen
    Betrug das Feuer. Seit des Himmels Gluth
Entwendet war, da kam der Fieber Menge
    Und blasses Siechthum auf die Erde mit
Und selbst der Tod mit ungewohnter Strenge
    Beschleunigt jetzt den ehmals trägen Schritt.

Auf Flügeln, die uns die Natur versagte,
    Hob Dädalus sich in die leere Luft
Und Herkules mit starkem Arme wagte
    Hinabzudringen in des Orcus Kluft.

Dem Sterblichen ist nichts zu schwer, wir schwingen
Uns wahnbethöret zu der Götter Sitz,
Und unsre fortgesetzten Frevel zwingen
Den Zeus, zu schleudern seinen grimmen Blitz.

4. Ode. An Lucius Sextius.

Der Frühling löst des Winters harte Rinde
Und milder wehen wieder Zephyrs Winde,
   Die Walze rollt das trock'ne Schiff vom Strand,
Das Vieh verläßt den Stall in munt'rem Zuge,
Der Landmann kehrt vom Herd' zu seinem Pfluge,
   Kein weißer Reif bedecket mehr das Land.

Die Liebesgöttin führt im Mondenscheine
Den Reigen und die Grazien, im Vereine
   Mit leichter Nymphen anmutvollem Chor,
Berühren kaum die Erd' im Wechseltanze,
Indeß Vulkan mit hellem Feuerglanze,
   Aus der Cyclopen Werkstatt blitzt hervor.

Nun ziemt es dir mit grünen Myrthenzweigen,
Mit Blumen, die der off'nen Flur entsteigen,
 Zu schmücken dein von Salben triefend Haar.
Jetzt bringe du dem Faun auf grünen Matten
In frischbelaubter Bäume kühlem Schatten,
 Wie's ihm beliebt, ein Lamm, ein Böcklein dar.

Es pocht der blasse Tod mit gleichem Tritte
An Königsburgen und des Armen Hütte.
 O Sestius, den das Glück so reich bedacht,
Das kurz dir zugemeß'ne Erdenleben
Verbeut der langen Hoffnung Raum zu geben,
 Denn bald bedecket dich die finstre Nacht.

Bist du in Plutos ödes Haus verstoßen,
So wirst du nimmer mit den Schatten losen,
 Wer des Gelages König solle sein,
Du wirst mit deinem Lycidas nicht scherzen,
Der jetzt entzücket aller Männer Herzen,
 Und bald der Jungfrau'n Auge wird erfreu'n.

5. Ode. An Pyrrha.

Welcher Knab' umarmet dich
   Jetzt mit Liebeskosen,
Salbenduftend, wonniglich,
   Mitten unter Rosen?

Wem zu Liebe flichtst du jetzt
   In der Grotte Stille
Schmucklos in ein zierlich Netz
   Blonder Locken Fülle?

Die gebroch'ne Liebestreu
   Füllt ihn bald mit Weinen,
Wenn er sieht mit Angst und Scheu
   Schwarzen Sturm erscheinen.

Ihn, der an dem süßen Blick
   Jetzt sich noch erfreuet,
Hoffend, daß sein Liebesglück
   Ewig sich erneuet.

Horaz Oden.   2

Ach er kennt das Lüftchen nicht,
   Das ihn schmeichelnd wieget!
Wehe! wen dein glatt' Gesicht
   Unerprobt betrüget!

Doch ich weih' mein naß' Gewand,
   Da ich Sturm und Wetter
Bin entfloh'n, als heilig Pfand
   Dir Neptun, o Retter.

6. Ode. An Agrippa.

Es muß auf des homer'schen Liedes Schwingen
Ein Varius von deinen Siegen singen
    Von Waffenthaten, die zu Meer und Land
    Du ausgeführt durch tapfrer Krieger Hand.

Ich wage nichts von allem Dem zu melden,
Noch von dem Zorn Achill's, des trotz'gen Helden,
    Noch von des listigen Ulysses Fahrt,
    Noch von der Peloriden arger Art.

Wie taug' ich Schwacher zu so großen Dingen?
Die Muse will nicht durch mein zärtlich Singen
    Und meines Geist's geringe Kräfte dein
    Und des erhab'nen Cäsars Lob entweih'n.

Wer singt den Kriegsgott, den ein Leibrock decket,
Von Demant? Wer Meriones, beflecket
  Mit Troja's Staub, und wer den Diomed,
  Den Pallas zu den Göttern selbst erhöht.

Ich sing' von Schmäusen und von Zwistigkeiten
Der Mädchen, die mit stumpfen Nägeln streiten,
  Leichtfertig immer, sei ich, wie sich's giebt,
  Nun eben ledig, oder auch verliebt.

7. Ode. An Munatius Plancus.

Die Einen mögen Mitylene loben,
  Und das berühmte Rhodus und Corinth,
Deß Mauern an zwei Meeren sind erhoben
  Und Delphi, wo Apoll's Orakel sind,
Und Ephesus, und Bacchus Heimath, Theben,
  Und des thessal'schen Tempe Lieblichkeit.
Der keuschen Pallas Tempel zu erheben,
  Sind Andre stets mit ihrem Lied bereit,
Und überall den Oelzweig aufzusetzen.
  Gar Viele reden aber immer nur
Zu Junos Ehre von Mycenes Schätzen
  Und von des roßereichen Argos Flur. —

Nicht das geduld'ge Sparta, noch die grünen
　　Gefilde von Larissa sind mir so
Bezaubernd wie Tiburnus Hain erschienen
　　Und wie der rasche Strom des Anio
Und wie Albuneas geschwätz'ge Quelle
　　Und Gartenland von einem Bach durchirrt. —
Jedoch wie auch der Südwind manchmal helle
　　Am schwarzen Himmel das Gewölk entwirrt,
Und nicht beständig Regengüsse zeuget,
　　So stille weislich deine Sorgen du,
O Plancus, wenn des Lebens Last dich beuget,
　　Und such' beim süßen Rebensafte Ruh,
Du mögest liegen bei des Lagers Zeichen,
　　Du mögest ruh'n in deines Tiburs Hain. —
Als Teucer mußt' aus Salamis entweichen
　　Und vor dem eignen Vater flüchtig sein,
Da hat er doch, noch feucht vom Saft der Reben,
　　Die Schläfe sich mit einem Pappelreis,
Wie Fama uns verkündet, umgeben,
　　Und sprach zu der betrübten Freunde Kreis:
„Wohin uns auch das Schicksal mag verstoßen,
　　„Das es doch besser als der Vater meint,
„Da laßt uns folgen, Brüder und Genossen,
　　„Verzweifelt nicht, so lang ihr noch vereint

„Mit Teucer ſeid und ſeinen günſt'gen Zeichen,
  „Denn mir verhieß Apollo es gewiß:
„Ich ſoll auf fremdem Boden einſt erreichen
  „In künſt'ger Zeit ein zweites Salamis.
„Darum vertreibet jetzt mit Wein die Sorgen,
  „Da ihr ſchon oft viel Schlimm'res um mich her
„Mit tapfrem Muth erduldet habt, denn morgen
  „Befahren wir auf's neu das weite Meer!"

8. Ode. An Lydia.

Bei allen Göttern Lydia!
   So laß dich doch beschwören;
Willst du den armen Sybaris
   In Liebesgluth verzehren?

Was haßt er denn das Marsfeld jetzt,
   Da er in frühern Tagen
Die Sonnenhitze und den Staub
   Geduldig hat ertragen?

Was legt er denn den Wolfszaum nicht
   Mehr an den Gallier=Rossen,
Zu tummeln sich im Waffenschmuck
   Mit seinen Kampfgenossen?

Was sieht man ihn so ängstlich denn
   Die gelbe Tiber fliehen, ·
Warum dem Kämpferöle sich
   Wie Otterngift entziehen?

Warum ist jetzt sein starker Arm
   Gebläut von keiner Schwiele,
Der oft so rühmlich Scheib und Speer
   Gesendet hat zum Ziele?

So sprich! Warum verbirgt sich denn
   Dein Sybaris so lange,
Wie einst der Göttin Thetis Sohn
   Bei Trojas Untergange?

Damit ihn nicht das Knabenkleid
   Den Kundigern verriethe,
Und zu dem Kampf mit Lydiern
   Ins Blutgefild entbiete.

9. Ode. An Thaliarch.

Sieh nur, wie weiß ist dort Soractes Gipfel
    Mit Schnee bedeckt, im Walde knarrt
Von allzu schwerer Last des Baumes Wipfel,
    Von Eise ist der Strom erstarrt.

Vertreib die Kälte, lege Holz zum Herde,
    O Thaliarch, gieß reichlich aus
Vom Krug, geformet aus Sabiner=Erde,
    Vierjähr'gen Wein zum Festes=Schmaus.

Das Andre laß der Sorge guter Götter,
    Sobald ihr Wink den Sturm gelegt,
Steh'n die Cypressen nach dem grausen Wetter
    Und alte Eschen unbewegt.

Bedenke nicht auf Morgen, was geschehe,
    Das Heut' ist dein, genieß es ganz!
So lang die Jugendjahre blüh'n, verschmähe
    Nicht süße Lieb' und Reigentanz.

Such' nur das Marsfeld und die Tummelplätze,
  Weil ferne noch des Alters Pein,
Und Abends leise flüsternde Geschwätze
  Zur festen Stund' beim Stelldichein.

Horch auf das Kichern, das vom dunkeln Gange
  Das Mädchen dir verräth, und nimm
Zum Pfand vom Finger oder Arm die Srange,
  Sie sträubt sich, doch nicht allzu schlimm.

10. Ode. Lob des Mercur.

Mercur! des Atlas kluger Enkelsohn,
Der du die rohen Sitten unsrer Ahnen
Gebildet hast auf der Palästra Bahnen
   Und durch der Sprache sinnbegabten Ton!

Dich Herold aller Götter und des Zeus,
Dich der gewölbten Leier Vater singe
Ich jetzt, dich, welcher scherzend alle Dinge,
   Die ihm gefallen, zu entwenden weiß.

Aroll erstickte einst sein drohend Wort
Im Lachen, da du ihm sein Vieh gestohlen,
Denn als er seinen Köcher wollte holen,
   Da hatt' auch den der schlaue Knabe fort.

Mit dir entgieng einst Priamus gewandt,
Als er mit Schätzen Ilium verlassen,
Den griech'schen Wachen in des Lagers Gassen,
Und der Atriden allgewalt'ger Hand.

Die frommen Seelen leitest du vereint
Mit goldnem Stabe zu den sel'gen Matten,
Zum Orcus scheuchest du die leichten Schatten,
Den obern, wie den untern Göttern Freund.

11. Ode. An Leuconoe.

Forsche nicht immer
          Leuconoe,
Wie unser Beider
          Ende gescheh'!

Such' in den Ziffern
          Babylons nicht
Ueber die Zukunft
          Strafbares Licht.

Besser! getragen
          Wirkliche Pein! —
Zeus mag dir viele
          Winter noch leih'n;

Oder zum letzten
          Male das Meer,
Schäumende Wogen
          Thürmen umher.

Mische nur weislich
 Kostbaren Wein!
Laß dich auf weite
 Plane nicht ein!

Kurz sind des Lebens
 Tage, sie flieh'n,
Während wir plaudern
 Eilend dahin.

Trau nicht auf Morgen,
 Dein ist das Heut,
Eh' sie dahin flieht,
 Nütze die Zeit!

12. Ode. An Augustus.

Welchen Helden, welchen Götter Sohn,
Oder Gott, willst Clio du, beim Ton
Deiner hellen Flöt' und Leier künden,
Daß sein Nam' in Hämus kalten Gründen,
An des Helicon und Pindus Höh'n
Von dem Echo scherzend wiedertön? —
Blindlings folgten dort durch weite Räume
Orpheus Leierklang des Waldes Bäume,
Schnelle Winde und der Ströme Lauf
Hielt er durch die Kunst der Mutter auf,
Selbst die Eichen folgten, um zu lauschen
Seiner Saiten zauberhaftem Rauschen. —
Was verkünd' ich eher als den Preis,
Der gebühret dem Allvater Zeus,
Welcher weise Land und Meer regieret
Und die Götter und die Menschen führet
In dem wechselvollen Lauf der Zeit?
Nichts vergleicht sich seiner Herrlichkeit,

Und er hat noch nichts aus sich erzeuget,
Was je seine Größe übersteiget.

    Pallas, dir gebührt der Ruhm auf ihn.

    Und dann preis ich Liber schlachten-kühn
Und die Jungfrau feind den wilden Thieren,
Phöbus dann, geschickt im Bogenführen,

    Drauf Heracles und der Leda Paar,
    Den im Nesselenken wunderbar
Jenen mit der Faust; wenn ihre Sterne
Hell dem Schiffer glänzen in der Ferne,

    Fließt vom Felsen die gepeitschte Fluth,
    Wolken fliehn, es sinkt des Sturmes Wuth
Und die drohend wilden Meereswogen
Legen sich durch ihren Wink bewogen.

    Soll ich Romulus nach diesen gleich
    Nennen, oder Numas Friedens-Reich,
Soll ich des Tarquinius Herrscher-Leben
Oder Catos edlen Tod erheben?

    Regulus, die Scauren und Aemil,
    Welcher willig und großherzig fiel
Nach der Pöner Sieg, soll die Camöne
Dankbar preisen durch erhab'ne Töne. —

    Harte Armuth und der Laren Hut
    Auf dem kleinen angestammten Gut

Zog Fabricius und Camill zum Kriege
Und errang dem Curius seine Siege,
    Ihm, der niemals sich das Haupthaar schor.
    Des Marcellus Name wuchs empor
Stille wie ein Baum. Allein vor Allen
Sieht man das Gestirn des Julus strahlen
    Gleich dem Mond in kleinrer Lichter Kreis.
    Deiner Sorge, o Allvater Zeus,
Menschenhüter, ist vertraut der große
Cäsar durch des Schicksals ew'ge Loose,
    Gieb die Herrschaft ihm an deiner Statt!
    Wenn er ruhmvoll dann bezwungen hat
Indier und Serer, die die Zonen
Des entfernten Orients bewohnen,
    Und die Parther, welche Rom bedroh'n,
    So mag er auf seinem großen Thron
Milde herrschen, dir nur unterthänig.
Donn're im Olymp als Himmelskönig
    Du mit schweren Rädern und dein Blitz
    Räche der entweihten Götter Sitz!

—◆—

13. Ode. An Lydia.

Wenn du mir nur von Telephus
    Und seinem Rosenhalse singst,
Und stets das Lob des Telephus
    Und seiner weißen Arme bringst,
So wird es mir, als ob die Galle
Mir in der Leber überwalle.

O Lydia, alsdann entweicht
    Mir alles Licht aus meinem Sinn,
Die Farbe des Gesichts erbleicht,
    Und über meine Wangen hin
Sich schleichend zeuget eine Zähre,
Daß mich ein innrer Brand verzehre.

Wie wird es mir so glühend heiß,
    Wenn der betrunk'ne Knabe dann
Dir deiner Schultern blendend Weiß
    Im Zank entstellt und wenn sein Zahn
An deinem Mund mit frechen Bissen
Ein bleibend Denkmal eingerissen.

Wenn dir mein Rath noch etwas gilt,
So hoffe nicht Beständigkeit
Von dem Barbaren, der so wild
Die zarten Lippen selbst entweiht,
Die Aphrodite läßt vom süßen
Gewürz des Nektars überfließen.

O dreimal glücklich ist das Paar,
Das durch ein unauflöslich Band
Umschlungen ist unwandelbar,
Und das, geführt von Amors Hand,
Bis zu des Lebens letztem Tage
Sich nie entzweit durch Streit und Klage.

14. Ode. An den römischen Staat.

Entführen neue Fluthen dich in's Weite
  O Schiff, was treibst du? Halt im Hafen fest
Mit aller Macht! Sieh' nur, wie deine Seite
  Von ihrem Ruderwerke ist entblößt!

Dein wunder Mast erseufzet vor dem Wehen
  Des Africus, es krachen um ihn her
Die Rahen all. Nicht länger wird bestehen
  Dein tauelofer Kiel das wilde Meer.

Zerriffen sind die Segel und zerstöret
  Die Götter; ruf' sie nun in neuen Weh'n! —
Du hast als Fichte zwar einst angehöret
  Ein stolzer Sproffe Pontus Waldeshöh'n;

Doch wird kein Name noch Geschlecht dich schirmen.
   Auf Bilderwerk verläßt der Schiffer sich
In Aengsten nicht. Drum willst du nicht den Stürmen
   Zum Spielball dienen, Schiff, so hüte dich.

Du, das mich jüngst mit Kummer überladen,
   Bist meiner Sorge nun und Hoffnung Kind,
Drum flieh' das Meer, in welchem die Cycladen
   Die schimmernden umher zerstreuet sind.

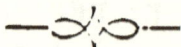

15. Ode.   Nereus Weiſſagung.

Mit des Gaſtfreunds Weib gezogen
Kam der Hirte durch die Wogen
    Treulos im Idäer=Kiel,
Da beſänftigt alle Winde
Nereus, daß er ihm verkünde
  . Seines Schickſals Schreckensziel:

„Führſt ſie heim: zur böſen Stunde,
Die ganz Griechenland im Bunde
    Wieder holt mit Schwertes Streich:
Denn ſie werden ſich verſchwören
Deinen Eh'bund zu zerſtören
    Und des Priam's altes Reich.“

„Weh' wie Roß und Reiter keuchen,
Wie das Schlachtfeld ſich mit Leichen

Vom Dardaner-Volke füllt!
Pallas rüstet sich zum Streite
Mit dem Helm und Kriegsgeschmeide,
   Mit dem Wagen und dem Schild."

„Fruchtlos wirst du Lieder singen
Zu der Cither süßem Klingen
   Mit unkriegerischer Kunst,
Fruchtlos deine Haare zieren,
Um die Weiber zu verführen,
   Trotzig auf der Venus Gunst."

„Fruchtlos fliehst du Cretas Pfeile
Des Oileus Sturmes-Eile,
   Lärm und Speer im Brautgemach,
Denn es wird durch Feindes-Hände
Dein verbuhltes Haar am Ende
   Noch bedeckt mit Staub und Schmach.

Siehst du Nestor, den Neliden,
Und den schlauen Laërtiden,
   Der die Mauern Troja's fällt,
Stürmend in dem Handgemenge
Treibt dich Teucer in die Enge
   Und Meriones der Held.

„Kennst du Sthenelus, im Streiten
Muthig und geschickt zu leiten
   Eines Viergespannes Joch?
Rüstig, rüstig, nimmer müde
Sucht dich grimmig der Tydide,
   Tapfrer als sein Vater noch."

„Du entfliehst ihm angstbeklommen,
Wie die Hindin, wenn sie kommen
   Sieht den Wolf im tiefen Thal,
Gibt das grüne Gras verloren.
Anders hast du das geschworen,
   Ihr, o Held, ein andermal."

„Iliens und der Matronen
Wird noch kurz das Schicksal schonen
   Durch Achilles Zornes-Gluth;
Doch nach wen'ger Jahre Dauern
Bersten Troja's stolze Mauern
   Von der griech'schen Flammen Wuth!

16. Ode. Widerruf.

Du, einer schönen Mutter schön'res Kind,
Vertilge, wie's dir immer mag gefallen,
In Feuers oder Meeres wildem Wallen
    Die Jamben, die so voll von Frevel sind. —

Nicht so erschüttert seiner Priester Herz
Apoll im Heiligthum, noch Dindymene,
Nicht so betäubet Bacchus seine Söhne,
    Noch tobet so der Corybanten Erz;

Wie finst'rer Jähzorn, dem kein norisch Schwert,
Noch auch das Meer, vor dessen wilden Fluthen
Die Schiffe bersten, noch des Feuers Gluthen,
    Noch Zeus mit seines Donners Rollen wehrt.

Als einst Prometheus in der Noth gemischt
Den Schöpfungsthon aus allerhand Atomen,
Da hat er, wie die Sage lehrt, genommen
    Zu unsrer Leber eines Löwen Gischt.

Der Zorn hat den Thyest so tief gekränkt,
Der Zorn hat manche hohe Stadt verheeret
Und ihre Mauer so von Grund zerstöret,
 Daß über ihr der Feind den Pflug gelenkt.

Besänft'ge deinen Sinn, die Raserei
Des Zorns hat auch mich Armen in den süßen
Bethörungen der Jugend hingerissen
 Zu jener tollen Versemacherei.

Durch sanfte Worte such' ich nun die längst
Dir zugefügte Bitterkeit zu heben,
Wenn Du dem Reuemüth'gen kannst vergeben,
 Und mir aufs Neue deine Liebe schenkst.

17. Ode. An die Tyndaris.

Vom lieblichen Lucretilis
    Zieht oft nach des Lycäus Höh'n
Der schnelle Faun und nimmt in Hut
Die Herde vor des Sommers Gluth
    Und vor der Regenwinde Weh'n.

So bald, geliebte Tyndaris,
    In Usticas gedehntem Thal
Und um die glatten Felsen her
Erschallet wie ein rauschend Meer
    Der süßen Flöte Wiederhall,

So schweift die Ziege ungestraft
    Nach Quendel und nach Thymian,
Sogar die Böcklein fürchten sich
Nicht vor der grünen Schlange Stich,
    Noch vor des grimmen Wolfes Zahn.

Die Götter schützen mich; mein Lied
   Und frommes Herz ist ihnen werth. —
Es ist dir hier im Ueberfluß
Aus reichem Füllhorn der Genuß
   Von jedem Gut des Felds bescheert.

Des Hundsterns Hitze trifft dich nicht;
   Es ist im tiefen Thal so kühl. —
Wie Circe und Penelope
Sich abgehärmt in gleichem Weh,
   Das singst du mir zum Saitenspiel.

Du schlürfest leichten Lesber-Wein
   Im Schatten jener Bäume dort,
Und Bacchus reißt in Heiterkeit
Uns nicht zu blutig ernstem Streit
   Des wilden Krieges-Gottes fort.

Hier bist du auch in Sicherheit
   Vor Cyrus, der mit frecher Hand
In seinem tollen Eifergeist
Den Kranz im Haare dir zerreißt
   Und das unschuldige Gewand.

18. Ode. An Varus.

Pflanz', o Varus, keine Bäume
    Vor dem heil'gen Rebenschoß
Hier in Tiburs milden Auen
Wo Catilus ließ erbauen
    Dieses hohe Felsenschloß.

Stets hat Gott mit schwerem Sinne
    Einen Nüchternen gestraft. —
Bittre Sorgen, die dich nagen,
Kannst du anders nicht verjagen,
    Als durch edlen Rebensaft.

Klagt auch Einer bei dem Weine
    Ueber Krieg und Dürftigkeit,
Ist er nicht von ganzem Herzen
Zu der Venus leichten Scherzen
    Und zu Bacchus Lust bereit?

Aber daß bei Libers Festen
　Vor des Trunks Unmäßigkeit
Weislich du dich müssest hüten,
Das erinnert der Lapithen
　Und Centauren blut'ger Streit.

Das erinnert Bacchus selber,
　Der sich an den Thrakern rächt,
Wenn sie von dem Weine glühen
Und die Grenze nimmer ziehen
　Zwischen Unrecht oder Recht.

Niemals will ich dich entweihen
　Strahlend=schöner Bassareus,
Nie mit frevelndem Bemühen
Suchen an das Licht zu ziehen,
　Was bedeckt das heil'ge Reis.

Halte mir den wilden Lärmen
　Von den Trommeln in der Zucht
Und der phryg'schen Hörner Gellen,
Denen gerne sich gesellen
　Mag die blinde Eigensucht,

Prahlerei, die sich erhebet
  Ohne Würdigkeit und Maß,
Und die pflichtvergeſſ'ne Treue,
Deren Buſen ohne Scheue
  Für's Geheimniß iſt wie Glas.

19. Ode. An Glycera.

Die strenge Mutter Amors will's
 Und Bacchus und mein leichter Sinn,
Daß ich der alten Liebesgluth,
Die lange schon im Herzen ruht,
 Auf's neue wieder dienstbar bin.

Die marmorweiße Glycera
 Mit ihrer blendenden Gestalt,
Ihr anmuthvoller Liebesscherz
Entzündet mir das arme Herz
 Und ihres süßen Blicks Gewalt.

Es floh von Cypern Venus weg
 Und hat sich mir in's Herz gesenkt,
Nun sing' ich von den Scythen nicht,
Noch wie im Flieh'n der Parther ficht,
 Weil all' mein Sinn zu ihr sich lenkt.

Ihr Knaben thürmt den Rasen auf
  Bringt heilig Kraut und Weihrauch mir
Zur Schale von zweijähr'gem Wein,
Vielleicht, sie wird mir günstig sein,
  Wenn ich gebracht ein Opferthier.

20. Ode. An Mäcenas.

Einladung auf's Sabinum.

Es wird in kleine Becher dir bei mir
Nur der geringe Wein Sabin's gegossen,
   Den ich Mäcenas, theurer Ritter, hier
In einem griech'schen Krug mit Pech verschlossen,

Als dich im Schauspiel lauter Jubelschall
Empfieng, den launenhaft dir wieder sandte
   Der Vatican mit seines Echos Hall,
Und jener Fluß aus deinem Heimathlande.

Du trinkest Cäcuber und edlen Wein,
Den dir die Keltern von Calenum geben,
   Ich schenke keinen Formianer ein,
Noch würzen mir den Kelch Falerner Reben.

21. Ode. Lobgesang auf Diana und Apoll.

Ihr zarten Mädchen sollt Diana singen,
Ihr Knaben laßt Apollos Lied erklingen
    Des ungeschor'nen, und Latonas Preis,
    Der Auserkornen des erhab'nen Zeus!

Ja singt die Göttin, die sich an den frischen
Gewässern freut, an Algidus Gebüschen,
    An Erymanthus schaurig dunklem Wald
    Und an des grünen Cragus Hochgestalt!

Jetzt müßt ihr Knaben Tempes Thal erheben
Und Delos, wo Apoll erblickt das Leben,
    Der auf der Schulter stolz den Köcher trägt
    Und seines Bruders goldne Leier schlägt!

Durch eure Bitten mögt ihr ihn erweichen,
Daß er den Krieg und Hungersnoth und Seuchen
    Von unserm Volk und Fürsten lasse flieh'n
    Und zu den Persern und Britannen zieh'n!

22. Ode. An Fuscus.

Wer ohne Schuld ist und ein reines Herz
Im Busen trägt, der braucht sich nicht mit Speeren,
Noch mit des Mauren Bogen zu bewehren,
    Noch mit der Pfeile giftgetränktem Erz;

Er möge durch die heißen Syrten hin,
Er möge durch die unwirthbaren Lande
Des Kaukasus, er möge an dem Strande
    Des fabelhaften Stroms Hydaspes zieh'n.

Denn als ich im Sabinerwald umher
Die Lalage besingend sorglos schweifte,
Und über des Gebietes Grenzen streifte,
    Da floh ein Wolf mich ohne alle Wehr.

Ein Unthier, wie es nie der Eichenwald
Des kriegerischen Daunia gezeuget,
Noch Jubas weites Wüstenreich gesäuget,
Des Löwen glühend heißer Aufenthalt.

Versetze mich in jenen Theil der Welt,
Wo Nebel und ein trüber Himmel drücket
Und keine warme Sommerluft erquicket
Die Bäume auf dem unfruchtbaren Feld;

Versetz' mich in des Sonnenwagens Näh',
Wo keine Sterblichen mehr Wohnung machen,
Ich liebe doch, so süß in ihrem Lachen,
So süß in ihrem Sprechen Lalage.

23. Ode. An Chloë.

Du fliehst mich Chloë wie ein Reh,
Das scheu beim Rauschen in der Bäume Wipfeln
Die irre Mutter suchet in den Gipfeln
    Der unwegsamen Bergeshöh'.

Wie es an Herz und Knieen bebt,
Wenn sich im Brombeerstrauch die Eider reget,
Und in dem Wald das Aerenlaub beweget,
    Sobald ein Frühlingshauch sich hebt!

Nicht mit des Tigers grimmem Zahn
Verfolg' ich dich, noch mit des Löwen Rachen.
Du mußt dich von der Mutter ledig machen,
    Denn du bist reif für einen Mann.

24. Ode. An Virgil.

Wer sollte sich der tiefen Trauer schämen
Um solch ein theures Haupt und sie bezähmen? —
    Stimm' an Melpomene den Klaggesang,
    Denn dir gab Zeus der hellen Stimme Klang!

So muß Quintil zur ew'gen Nacht entweichen!
Wo fand Bescheidenheit je seines gleichen,
    Und wo die Schwester der Gerechtigkeit,
    Die unbestoch'ne Treu' und Redlichkeit?

Er starb von vielen Guten zu bedauern,
Von dir, Virgil, am meisten zu betrauern;
    Umsonst verlangst du ihn von dem Geschick,
    Dem du ihn also nicht vertraut, zurück.

Nie kehrt das Blut dem bleichen Schattenbilde,
Das auf die unerschließlichen Gefilde
  Mercurius mit seinem Schreckensstab
  Einmal zur schwarzen Herde trieb hinab.

Und griffst du auch so künstlich in die Saiten,
Daß, gleich dem Orpheus, Bäume dich begleiten.
  Zwar hart; jedoch unabwendbaren Schmerz
  Erträgt viel leichter ein geduldig Herz.

25. Ode. An Lydia.

Nur selten recken jetzt die frechen Knaben
    Dir an's geschloß'ne Fensterlein,
Du kannst dich ungestört am Schlafe laben,
    Die Thüre schlägt nun immer ein,

Die sonst so häufig in den Angeln knarrte.
    Du hörst nicht mehr die Melodie:
„So schläfst du Lydia, da ich schmachtend warte,
    „Die lange, lange Nacht allhie."

Bald wirst du alt um stolze Buhlen klagen
    Im Winkel einsam und verschmäht,
Wenn in des Neumonds stürmevollen Tagen
    Der Wind von Thracien rauher weht.

Dann wird dir an der kranken Leber nagen
   Der heftigen Gelüste Zahn,
Wie sie zu Zeiten Mutterpferde klagen,
   Und deine Klagen heben an:

Daß nur am Epheu sich die Jugend freue
   Und an der Myrthe frischem Laub,
Und schonungslos die dürren Zweige streue
   Dem winterlichen Ost zum Raub.

26. Ode. An Aelius Lamia.

Ich Musengünstling übertrage
    Dem Winde meiner Sorgen Heer,
Damit er eilend sie verjage
    Und werfe in das cret'sche Meer.

Was für ein König herrschen möge
    In Nordens kaltem Küstenreich,
Und welcher Schrecken jetzt bewege
    Den Tiridates, — gilt mir gleich.

O süße Muse Pimpleïde,
    Die liebet reiner Quellen Glanz,
Wind' von besonnter Blumen Blüthe
    Für meinen Aelius einen Kranz!

Nichts ohne dich vermag mein Preisen,
    Es ziemt dem Schwestern-Chor und dir,
Zu ehren ihn durch neue Weisen
    In edler lesbischer Manier.

27. Ode. An die Trinkgenossen.

Mit Bechern kämpfen, die zur Lust gegeben,
Ist Thraker Art! Weg mit dem wilden Leben!
  Und treib't durch blut'ge Händel keinen Spott
  Mit Bacchus, dem verehrungswürd'gen Gott.

Wie paßt zu Wein und Kerzenlicht das Blitzen
Des Mederschwertes? — Ruhig auf den Sitzen
  Geblieben Freunde, auf den Arm gestemmt,
  Und euren ungestümen Lärm gehemmt!

Soll ich mit euch ein Glas Falerner zechen,
So muß zuvor Megillas Bruder sprechen,
  Durch welchen Pfeil er jetzt beseeligt ist,
  Und welche Wunde ihm am Herzen frißt.

Du zauderst noch! — So aber trink' ich nimmer,
Sprich nur, was auch für eine Liebe immer
  Dich zähmt, gewiß ist's keine nied're Gluth,
  Du hieltst dich stets in Liebeshändeln gut!

Was du auch haſt, vertrau' es ſichern Ohren! —
O Unglückſeliger, du biſt verloren,
　Du wirbelſt in Charybdis grauſer Fluth
　Und wäreſt würdig einer beſſern Gluth.

Dich kann kein Zauberwerk aus dieſen Ketten,
Kein Magier mit theſſal'ſchem Trank erretten,
　Kein Gott, vielleicht wird Pegaſus allein
　Dich von Chimäras Dreigeſtalt befrei'n.

28. Ode.
Der Schiffer und Archytas Schatten.

Der Schiffer.

Dich, der die Erde ausmaß und die Meere,
    Archytas, und den unzählbaren Sand,
Dich hält nun die versagte letzte Ehre

    Von wenig Staub hier an Matinums Strand,
Umsonst bist zu den Sternen du gedrungen
    Und hast im Geist die runde Himmelswand

Durchlaufen, da der Tod dich nun verschlungen.

Archytas.

    Auch Tantal starb, der Götter Tischgenoß,
Tithonus hat sich in die Luft geschwungen,

    Und Minos, der den Rath des Zeus genoß;
Panthous Sohn umschließen die Gefilde
    Des Orcus, den zweimal des Todes Loos

Traf, ob mit aufgefund'nem Schilde
　　Er sein trojanisch' Dasein auch bewies
Und so vor Aller Augen es enthüllte,

　　Daß er dem Tod nur Haut und Sehnen ließ;
Zu der Natur und in des Wissens Reichen
　　Ein tiefer Forscher, du gestehst's gewiß. —

Wir müssen all' zur ew'gen Nacht entweichen
　　Und Einmal geht's den Todes=Pfad hinab.
Den Einen macht der grimme Mars erbleichen,

　　Dem Schiffer wird das gier'ge Meer zum Grab,
Der Alten wie der Jungen Leichen häufen
　　Sich auf.　Wir stehen unter Pluto's Stab.

Mich sollte auch der Notus einst ergreifen,
　　Der bei Orions Untergange weht
Und nahe bei Illyriens Küstenstreifen

　　Versenken in das tiefe Wellenbett. —
Du aber, Schiffer, sei nicht karg, verwehre
　　Nicht dem Gebein, dem noch das Grab entsteht,

Ein wenig flücht'gen Sandes und dann kehre
   Sich Alles auf Venusias Wälder hin,
Was Eurus drohte dem Hesper'schen Meere.

   Du aber mögest ungefährdet zieh'n,
   Auch möge dir Neptun, Tarents Behüter
   Und Zeus verleihen reichlichen Gewinn.

Doch ruf'st du auf dein schuldlos Haus hernieder,
   Wenn du versäumest diese heil'ge Pflicht,
Die Rach', und an dir selber wird sich's wieder=

   Vergelten durch ein schreckliches Gericht.
Und sühnen wird dich keine Opferspende,
   Denn mein Gebet verschmäh'n die Götter nicht.

Wie sehr auch deine Reise eilen könnte,
   Verweile dich nur kurz an diesem Ort,
Und wenn mir dreimal segnend deine Hände

   Ein wenig Staub gestreut, so segle fort.

29. Ode. An Jccius.

Arabiens reiche Schätze locken dich,
Du überziehst mit schwerem Krieg die Lande
 Von Sabas Fürsten, welche niemals sich
Gebeugt, und schmiedest selbst dem Meder Bande.

Welch' ein Barbaren=Mädchen wird, beraubt
Des Bräutigams, als Sklavin dir zu Theile?
 Und welcher Knabe mit gesalbtem Haupt,
Gelehrt zu Hause mit dem Serer=Pfeile

Zu schießen, wartet dir den Becher auf?
Wer läugnet noch, daß auf der Berge Höhen
 Der Waldstrom wenden könne seinen Lauf
Und daß die Tiber möge rückwärts gehen?

Da Jccius, der Besseres verhieß,
Von des Panätius theuren Werken allen
 Und Sokrates gesammter Schule ließ
Um den iber'schen Panzer anzuschnallen.

30. Ode. An Venus.

O Venus, Parhos Königin,
Verlaß dein Cypern, eile hin
In Glyceras geschmücktes Haus,
Sie streuet süßen Weihrauch aus
    Und fleht um deine Gnade.

Dein feur'ger Knabe kehre ein
Und Nymphen mit der Grazien Reih'n
Leicht aufgeschürzet und Merkur
Und Hebe, die die Herzen nur
    Durch deine Gunst entzücket.

31. Ode. An Apollo.

Was bittet heute von Apoll
    Der Sänger, gießend aus der Schale
Die Spende süßen Wein's, was soll
    Er sich erfleh'n beim Opfermahle?

Nicht ind'sches Elfenbein, noch Gold,
    Auch nicht Sardiniens fette Lande,
Und nicht das Feld, wo Liris rollt
    Sein schweigsam Wasser in dem Sande,

Noch auch Calabriens stattlich Vieh. —
    Mag schneiden mit calen'scher Hippe
Die Reben, wem das Glück sie lieh,
    Aus goldenem Pokale nippe

Der Kaufmann edlen Rebensaft,
  Der Götter=Liebling, denn seit Jahren
Besteht er immer ungestraft
  Des sturmbewegten Meers Gefahren.

Nur von Oliven will ich mich,
  Von Malven und Cichorien nähren,
Doch Eins, Apollo, bitt' ich dich,
  Gesundheit woll'st du mir gewähren.

Laß froh mich nützen, was ich hab,
  Das Alter sei nicht ohne Ehre,
Und gieb, daß bis in's späte Grab
  Des Leierklangs ich nicht entbehre.

32. Ode. An die Leier.

Man ruft mich, wenn ich je in müß'gen Zeiten,
Mit dir im Schatten sang, was für dies Jahr
Und für noch mehrere gedichtet war,
Spiel' ein lateinisch Lied auf deinen Saiten
O Barbiton! — Dir ließ zuerst entgleiten
Den Ton der Lesbier, ein Held fürwahr,
Der oft im Krieg und nach des Sturms Gefahr
Am nassen Ufer auf dem Schiff mit Freuden
Die Musen sang und Bacchus und Cythere,
Und Amor flatternd an der Mutter Seiten
Und Lycus, schwarz von Augen, schwarz von Haaren.—
O holde Leier, Phöbus Schmuck, erhöre
Mein Flehen, du, an der sich Götter weiden,
Mein süßer Trost in Mühen und Gefahren.

33. Ode. An Albius Tibullus.

Tibull betrüb' dich nicht so sehr
    Um Glyceras unsteten Sinn,
Sing' keine Klagelieder mehr,
    Daß sie an einen Jüngern hin
Sich treulos hat gegeben.

Lycoris mit der kleinen Stirn'
    Entbrennt für Cyrus, Cyrus glüht
Für Pholoë, die spröde Dirn',
    Die aber vor dem Buhlen flieht,
Wie vor dem Wolf die Ziege.

So will's die mächt'ge Cypria,
    Sie bringt, was an Gestalt und Herz
Sich ungleich ist, einander nah,
    Und spannt es mit muthwill'gem Scherz
In's eh'rne Joch zusammen.

Mir winkte einst ein besser Glück,
   Doch hielt die Sklavin Myrtale
In süßen Banden mich zurück,
   Die tobet, wie Calabriens See,
Wenn sie die Küsten höhlet.

34. Ode. Bekehrung.

Ich hatte mich der Götter Dienst entzogen,
　Da mich betrog unsinn'ger Weisheit Wahn,
Nun aber fühl' ich wieder mich bewogen
　Zurückzukehren auf die alte Bahn.

Denn Zeus, der mit den flammenden Geschossen
　Sonst nur den finstern Wolkenflor zertheilt,
Ist mit dem Wagen und den Donner=Rossen
　Am heitern Himmel jüngst vorbeigeeilt.

Darob erbebten ringsum alle Flüsse,
　So weit sie schweifen und das trübe Feld
Des Styx, und Tänarus verhaßte Risse
　Und Atlas an dem Ende von der Welt.

Das Höchste stößt der Gott von seinem Throne
Und zieht das Niedrige hervor; es raubt
Das Glück in raschem Fluge Dem die Krone
Und setzt sie lachend Jenem auf das Haupt.

35. Ode. An die Fortuna.

Die du das schöne Antium regierest,
  O mächt'ge Göttin, und in raschem Flug
Aus niedrem Staub den Menschen aufwärts führest,
  Und den Triumph verkehrst zum Leichenzug!

Dich rufet auf carpath'scher Wogen Mitte,
  O Meeresfürstin, im Bithyner=Kahn
Der Schiffer, und mit angsterfüllter Bitte
  Auf stiller Flur der arme Ackersmann.

Das wilde Latium und Städt' und Länder,
  Der flücht'ge Scyth' und Daker scheuen dich,
Der Fürst, gehüllt in purpurne Gewänder,
  Und ferner Kön'ge Mütter fürchten sich:

Daß nicht dein Fuß mit Spott und Hohn zerstöre
    Die feste Säule, und der Pöbelschwarm
Nach Waffen, Waffen, rufend sich empöre
    Und stürze ihren Thron mit frechem Arm.

Die grausame Nothwendigkeit begleitet
    Dich stets mit Nägeln in der eh'rnen Hand,
Mit Keilen und mit Blei zum Guß bereitet
    Und mit der Henkerklammer festem Band.

Dir dient die Hoffnung und im weißen Schleier
    Die selt'ne Treu', sie gibt dir das Geleit,
Wenn hohen Häusern du im Zornesfeuer
    Den Rücken kehrst mit umgetauschtem Kleid.

Der falsche Pöbel und die Buhlerinnen
    Zerstreuen eidvergessen sich; und wenn
Das Faß zur Hefe leer ist, flieh'n von hinnen
    Die Freunde, um dem Joche zu entgeh'n.

Behüte Cäsarn auf dem weiten Zuge
    Zu den Britannen, und das frische Heer
Der Jünglinge auf ihrem raschen Fluge
    Ins Morgenland und nach dem rothen Meer.

Ha! Schande über Brudermord und Wunden!
  Wovor erbebte diese wilde Art?
Wo ist ein Frevel, der nicht stattgefunden,
  Wo ein Altar, der nicht geschändet ward?

Wovon enthielt die Jugend ihre Hände
  Aus Gottesfurcht? O Göttin, schmiede du
Das stumpfe Schwert am Ambos neu und wende
  Es Arabern und Massageten zu!

36. Ode. Auf Numidas Rückkehr.

So dank't nun für der Götter Hut
    Mit dem gelobten Farrenblut,
Mit Weihrauch und dem Klang der Saiten,
Daß aus den ungemeſſ'nen Weiten
    Des Abendlandes unverſehrt
    Uns Numida zurückgekehrt. —
Er küßt ſo zärtlich die Gefährten,
Und Lamia den vielbewährten
    Vor allen andern, eingedenk:
    Daß er der Toga Weihgeſchenk
Mit ihm empfing und daß die Stunden
Der Jugend ihnen ſind entſchwunden
    In Eines Führers Zucht. — Es mag
    Ein weißer Strich den ſchönen Tag
Bezeichnen. Laſſet reichlich fließen
Den Wein, und Ruhe ſei den Füßen

Vom fal'schen Tanze nicht gegönnt.
 Und rühmlich an den Wein gewöhnt
Soll heute Damalis im Zechen
Mit Bassus nicht die Lanze brechen.
 Bringt Rosen und des Errichs Grün
Und Lilien, welche schnell verblühn!
Und ob auch Alle voll Begehren
Nach Damalis die Blicke kehren,
 Sie reißt sich dennoch nimmer los
 Von ihres neuen Buhlen Schooß.
Und wird mit brünstigem Verlangen
Wie lust'ger Epheu ihn umfangen.

37. Ode. An die Genossen.

Auf! auf! getrunken, stampfet jetzt die Erde
    Mit freiem Fuß, Genossen, es ist Zeit,
Daß nun der Götter Tisch geschmücket werde
    Mit saliar'scher Pracht und Ueppigkeit!

Vordem war's Frevel, aus dem Ahnenfasse
    Den Cäcuber zu holen, da den Tod
Die Königin in ihrem tollen Hasse
    Dem Reiche und dem Capitol gedroht.

Mit ihren Männern, tief in Schmach versunken,
    Von zügelloser Hoffnung angefacht
Und von der süßen Gunst des Glückes trunken. —
    Doch ihrer Wuth ward bald ein End' gemacht.

Da kaum Ein Schiff dem Feuer war entgangen,
    Und statt des Muths, von Mareoter=Wein
Entflammt, dem Scheusal nun ein ernstlich Bangen
    Vor röm'schen Ketten jagte Cäsar ein.

Er drängt sie fliehend von Italiens Strande
    Gleich wie die Weih' auf zarte Tauben stößt,
Und wie der Jäger im Hämoner=Lande
    Des Hasen Spur im Schneefeld nicht verläßt.

Sie aber suchte rühmlicher zu enden,
    Sie scheute nicht den Stahl nach Weiber-Art,
Noch wollte sie mit raschem Kiel sich wenden
    Nach fernen Küsten auf verstohl'ner Fahrt.

Sie schaute muthig und mit heitern Augen
    Den Umsturz ihres Königreiches an,
Und legte, um das schwarze Gift zu saugen,
    An ihre Brust der grimmen Schlangen Zahn.

Noch kühner, da zum Tod sie war bereitet,
    Ertrug sie's nicht, daß zum Triumphe hin
Auf schnellen Schiffen, ihrer Macht entkleidet,
    Sie ward geführt, — ein Weib von hohem Sinn

38. Ode. An den Schenken.

Ich haß', o Knab', der Perser Glanz
Und liebe keinen bunten Kranz,
    D'rum laß' dein Suchen auf der Flur
    Nach einer späten Rose Spur!

Nur schlichte Myrthe bring heran,
Sie stehet dir, dem Schenken, an
    Und ist für mich die beste Zier
    Beim Zechen in der Laube hier.

Zweites Buch.

1. Ode. An Pollio.

Die Bürgerfehde seit Metellus Zeiten
  Des Kampfes Ursach, Fehler, Wechselgang,
Das Spiel des Glückes, wie die Fährlichkeiten
  Der Fürstenfreundschaft und der Waffen Klang,

Und Blut, dem keine Sühne noch geworden,
  Beschreibst du mit Gefahr und vielen Müh'n
Du wandelst über unheilschwangern Orten,
  Wo Kohlen unter leichter Asche glüh'n.

Laß jetzt die Muse der Tragödie schweigen;
  Hast du das Werk der Staatskunst erst erfüllt,
Dann magst du uns zum zweiten Male zeigen
  Auf attischem Cothurn dasselbe Bild.

O Pollio, du der Beklagten Stütze,
　　Du Spender weisen Rathes im Senat,
Den auf des ew'gen Ruhmes höchste Spitze
　　Dalmatischer Triumph erhoben hat!

Schon tönen mir in's Ohr die lauten Zinken
　　Und heisere Trompeten schallen d'rein,
Man sieht's, wie vor der Waffen hellem Blinken
　　Die Reiter und die flücht'gen Rosse scheu'n.

Es ist, als kommen mir von ihren Siegen
　　Mit Staub bedeckt die Feldherrn zu Gesicht;
Den ganzen Erdkreis sah' ich unterliegen,
　　Nur Catos ungebeugte Seele nicht.

Die Götter Afrikas und Juno weichen
　　Ohnmächtig aus dem Land und ungerächt,
D'rum lassen sie in ihrem Zorn erbleichen
　　Zum Opfer für Jugurtha Roms Geschlecht.

Wo zeugen Gräber nicht vom unheilvollen,
　　Ruchlosen Krieg, wo wäre nicht der Sand
Vom Römerblute roth, man hört das Rollen
　　Vom Sturz Italiens bis in's Mederland.

Die Flüsse alle wurden mit dem Kriege
    Vertraut, ja selbst des Daun'schen Meeres Fluth
Ward roth gefärbt durch unglücksel'ge Siege
    Und an den Küsten strömte unser Blut.

Jedoch, o Muse, wende dich nicht wieder
    Vom leichten Scherz zu Ceas Klaggesang,
Sitz' in Diones Grotte zu mir nieder
    Und stimme Weisen an von heit'rem Klang.

2. Ode. An Sallustius Crispus.

Sallust, du bist dem Blech nicht hold,
  Vergraben in der Erde Bauch,
Denn seinen Glanz erhält das Gold
  Allein durch weislichen Gebrauch.

Es lebt in alle Ewigkeit
  Des Proculejus edler Sinn,
Und sorgsam in die fernste Zeit
  Erhebt der Fama Fittig ihn.

Bezähmst du die Begierde nur,
  So wird dein Reich noch größer sein,
Als Lybiens und Gades Flur
  Und beide Punien im Verein.

Die Wassersucht vergrößert nur
   Sammt ihrem Durst durch Pflege sich,
So lange nicht aus der Natur
   Der blasse Krankheitsstoff entwich.

Phraates, der auf's neu sich schmückt
   Mit Cyrus Diadem, ihn heißt
Die Tugend dennoch nicht beglückt,
   Sie preist nicht, was der Pöbel preist.

Sie giebt nur dem den Lorbeer-Kranz,
   Die Kron' und sich'res Herrschgebiet,
Der aufgehäufter Schätze Glanz
   Mit unbestech'nem Auge sieht.

3. Ode. An Quintus Dellius.

Bewahre Gleichmuth in den bösen Tagen,
    Und wenn du sitzest in des Glückes Schooß,
So lerne es mit Mäßigkeit ertragen,
    O Dellius, denn Sterben ist dein Loos.

Du bringest nun dein Leben nur mit Klage,
    Du bringest es wie einen Festtag zu,
Falerner schlürfend bei dem Trinkgelage
    Auf grünem Rasensitz in süßer Ruh.

Dort, wo die Silberpappeln sich verschlingen
    Mit hohen Pinien und ein gastlich Dach
Bereiten, wo in immer neuen Ringen
    Die Wellen treibet der krystall'ne Bach,

Dorthin schaff' Salben und den Saft der Rebe,
    Und Rosen, die nur blüh'n für Einen Tag,
So lange der drei Schwestern schwarz Gewebe
    Und Glück und Alter es gestatten mag.

Du mußt den theu'r erkauften Park verlassen,
 Das Landhaus, das die gelbe Tiber netzt,
Der Schätze, die du aufgehäuft in Massen,
 Bemächtiget ein Erbe sich zuletzt.

Du sei'st nun reich, von Inachus Geschlechte,
 Du liegst als Bettler in der Sonne Schein,
So wirst du dennoch einst mit gleichem Rechte
 Des unbarmherz'gen Orcus Opfer sein.

Das Schicksal ruft nach Einem Ort uns Allen,
 Die Urne kreist, und wessen Loos entfiel
Früh oder spät, der muß hinüber wallen
 Auf Charons Kahn in's ewige Exil.

4. Ode. An Xanthias.

Acht', o Xanthias, es nicht für Schande,
    Deine Magd zu lieben, denn es fiel
In der weißen Sklavin Liebesbande
    Selbst der übermüthige Achill.

Auch beherrschte den Telamoniden
    Die gefang'ne schöne Phrygerin;
Im Triumphe fesselt dem Atriden
    Die geraubte Jungfrau Herz und Sinn,

Als die Dardaner gefallen waren
    Vor des Peleus Sohn, und Hektors Tod
Den ermatteten Achäer-Schaaren
    Pergamus zur leichten Beute bot.

Wird dich doch vielleicht als Eidam ehren
    Deiner blonden Phyllis Ahnenblut,
Wohl ein Königshaus, das einst zerstören
    Ließ der Götter unbarmherz'ge Wuth.

Glaube nicht, du habest sie erlesen
  Vom geringen Pöbel; die so treu,
Von Gewinnsucht immer fern gewesen,
  Glaub' nicht, daß sie schlechter Abkunft sei.

Arm, Gesicht und ihre netten Füße
  Lob' ich harmlos. Laß die Eifersucht,
Da ich schon das achte Lustrum schließe
  In der eilbefliß'nen Jahre Flucht.

5. Ode.

An den Liebhaber der jungen Lalage.

Noch duldet ihr gebeugter Nacken nicht
Das Joch, sie hält nicht gleichen Schritt im Zuge,
Mit ihrem Mitgefrannen an dem Pfluge,
 Auch trägt sie nicht des brünst'gen Stiers Gewicht.

Die junge Färse liebt sich noch zu freu'n
Auf grünen Wiesen, und im Bach zu kühlen
Die läst'ge Gluth und wiederum zu spielen
 Mit Kälbern in dem frischen Erlenhain.

O Freund, bezähme deine Lüsternheit,
Die Traub' ist unreif. Doch mit Purpurglühen
Wird bald den grünen Heerling überziehen
 Des Herbstes bunte farbenreiche Zeit.

Bald folgt sie dir. Die Zeit enteilt dahin,
Und jene wird der Jahre Zahl empfangen,
Die dir entgeh'n, dann wird sie selbst verlangen
   Nach dem Gemahl mit unerschrock'nem Sinn.

Dann liebst du vor der flücht'gen Pholoë,
Vor Chloë, deren weiße Schulter strahlet,
Wie wenn der Mond im nächt'gen Meer sich malet,
   Und selbst vor Gyges deine Lalage.

Vor Gyges, den aus einer Mädchen=Schaar
Kein fremder Späher könnte auserlesen
Mit seines Angesichtes Zwitterwesen
   Und seinem aufgelösten Lockenhaar.

6. Ode.   An Septimius.

Septim, der mit mir ginge bis nach Gades,
  Zum Cantaber, der sich im Joche sträubt,
Und dorthin, wo um Klippen des Gestades
  Die mauritan'sche Welle brandend stäubt.

O daß für mich, ermüdet auf dem Meere,
  Auf weiten Märschen und im Krieg ergraut,
Ein Ziel und Ruhesitz für's Alter wäre,
  Mein Tibur, von Argiver-Hand erbaut.

Will aber dieses mir die Parze neiden,
  So zieh' ich nach Galäsus Uferrand,
An welchem wollenreiche Schafe weiden,
  Und nach der Flur, die einst beherrscht Phalanth.

Es lacht vor allen anderen Gefilden
    Mir jener Punkt, wo dem Hymettus gleicht
Der Honig und des Oelbaums Frucht dem milden
    Gewächse von Venafrum nimmer weicht,

Wo einen langen Frühling Zeus gewähret
    Und laue Winter, und durch Bacchus Huld
Der nahe Aulon süßen Wein bescheret,
    Der um den Preis mit dem Falerner buhlt.

Ja jener Ort und jene Höhen laden
    Mit ihren Reizen dich und mich vereint,
Dort wirst du einst mit schuld'gen Thränen baden
    Die heiße Asche von dem Dichterfreund.

7. Ode. An Pompejus Varus.

O du, der oft bis an des Todes Rand
Mit mir im Heer des Brutus ist gerathen,
Wer hat dich als Quiriten den Penaten
Des theuren Vaterlands zurückgesandt.

Pompejus, du mein ältester Genoß,
Mit dem ich oft beim Wein die trägen Stunden
Vertrieb, mit einem Kranz das Haar umwunden,
Das von assyr'scher Salbe überfloß.

Mit dir bestand ich einst Philippis Tag
Und Flucht mit schmählich hinterlass'nem Schilde
Als mit dem Kinn auf blutigem Gefilde
Der tiefgebeugte Trotz darniederlag.

Jedoch mich bangen hat Merkur, mein Hort,
In dichter Luft dem Arm des Feinds entzogen,
Dich aber riß auf's neue in die Wogen
  Des Kriegs die Brandung aus dem Hafen fort.

D'rum bring dem Zeus das schuld'ge Opfermahl
Und strecke deine kampfesmüden Glieder
Hier unter meinem Lorbeerbaume nieder,
  Und schone nicht der vollen Krüge Zahl.

Genieß den Sorgenbrecher Massiker
Und gieß die Salbe aus der Muschelschale!
Wer bringet eilend uns zum Festesmahle
  Die Epheu= oder Myrthen=Kränze her?

Wen wählt die Venus uns zum König aus?
Laßt uns so toll wie die Edonen lärmen,
Es ist so süß, zu rasen und zu schwärmen,
  Denn heute kehret unser Freund nach Haus.

8. Ode. An Barina.

Wenn dir auch nur ein einzigmal
    Geschadet hätt' ein falscher Eid,
Wenn nur ein Zahn sich schwarz gefärbt,
Ein Nagel nur sich dir verderbt,
    So glaubt' ich an Gerechtigkeit.

Doch, wenn du eben auch dein Haupt
    Beladen hast mit falschem Schwur,
So glänzt es schöner als zuvor,
Und schmachtend folgt der ganze Chor
    Der Junggesellen deiner Spur.

Dir frommt es, deiner Mutter Grab
    Zu täuschen, und in stiller Nacht
Die wandelnden Gestirne dort
Und des Olympus heil'gen Ort
    Und aller sel'gen Götter Macht.

Cythere, scheint es, lacht dazu,
      Die leichten Nymphen stimmen ein
Und Amor, der unausgesetzt
Die heißen Liebespfeile wetzt
      Auf einem blutbenetzten Stein.

Die Jugend wächst für dich heran,
      Stets kommen neue Sklaven nach,
Und wie die Alten auch dir droh'n,
Doch hat noch keiner je gefloh'n
      Der übermüth'gen Herrin Dach.

Der Mutter bangt um ihren Sohn,
      Es fürchtet dich der karge Greis,
Die junge Frau zergrämt sich schier,
Daß nicht der Gatte sich von ihr
      Verlier in deinen Zauberkreis.

9. Ode. An Valgius.

Nicht unaufhörlich gießt den wilden Regen
    Auf's Stoppelfeld der finstern Wolken Schaar,
Die Winde in dem Wechselzug erregen
    Die casp'sche Meeresfluth nicht immerdar,
Des trägen Eises starre Ränder legen
    Sich um Armenien nicht das ganze Jahr,
Und in Garganus Eichenwäldern schnauben
Nicht stets die Winde, um sie zu entlauben.

Du singst in immer neuen Trauertönen
    Um deines vielgeliebten Mystes Tod,
Du klagst dem Abendstern dein schmerzlich Sehnen
    Und klagst es noch dem frühen Morgenroth.
Nicht ewig floßen seiner Schwestern Thränen,
    Als Troïlus versank in Todesnoth,
Der Greis, der drei Geschlechter sah, erstickte
Den Gram, der um Antilochus ihn drückte.

Verbanne dieser Schmerzenstöne Klingen,
   In welche weichlich du versunken bist,
Laß uns Augustus neue Siege singen,
   Nyphates, der mit Schnee beladen ist,
Den Euphrath, der sich in bescheid'nen Ringen,
   Seitdem er überwunden ist, ergießt,
Und wie die Reiterschaaren der Gelonen
Nun eingeengt in ihre Grenzen wohnen.

10. Ode. An Licinius.

Du wirst am besten thun, Licin,
Nicht stets auf's hohe Meer zu schiffen,
Noch, um den Stürmen zu entflieh'n
An des Gestades falschen Riffen
Zu nahe hin zu fahren.

Wer sich die gold'ne Mittelstraß'
Erwählt, der wird sich weislich hüten
Vor einem schmutzigen Gelaß,
Zugleich entbehret er zufrieden
Des Hofes Prunkgemächer.

Am häufigsten ergreift der Sturm
Die Fichten mit den höchsten Wipfeln,
   Viel schwerer stürzt ein hoher Thurm,
Und an der stolzen Berge Gipfeln
   Entladen sich die Blitze.

Der Weise fürchtet sich im Glück
Vor Ungemach, in bösen Tagen
   Erwartet er ein gut Geschick;
Den Winter wird der Gott verjagen,
   Der ihn herauf geführet.

Es bleibt nicht immer so wie heut!
Der Sohn der Leto spannt die Sehne
   Des Bogens auch nicht allezeit,
Er weckt auch dann und wann die Töne
   Der stummen Muse wieder.

In bösen Zeiten lasse Muth
Und eine feste Seele sehen,
   Deßgleichen sei auf deiner Hut,
Wenn allzu günst'ge Winde wehen,
   Und streiche klug die Segel.

11. Ode. An Hirpinus.

Was der Cantaber und Scythe will,
Frage nicht, sie sind durch's Meer geschieden.
 Sieh', das Leben braucht ja nicht so viel,
Darum gieb dich, o Hirpin, zufrieden.

Jugend und der Schönheit Glanz verblüh'n
Und der Liebesgötter muntre Schaaren
 Und der leichtbeschwingte Schlaf entflieh'n
Vor des welken Alters grauen Haaren.

Nicht beständig glänzt der Silber=Schein
Lunas, noch des Frühlings Sonnenblüthen.
 Hüte dich, durch ew'ger Sorgen Pein
Die zu schwache Seele zu ermüden.

Laß uns fröhlich noch, so lang es geht,
Dort, wo Fichten und Platanen winken,
   Von assyr'scher Narde Duft umweht,
Mit dem Kranz im grauen Haare trinken.

Bacchus jagt die läst'gen Sorgen fort.
Welcher von den Knaben holt uns schnelle
   — Des Falerners Gluth zu mildern — dort
Wasser aus der frischen Silberquelle?

Lockt mir Lyden aus dem stillen Haus!
Schmucklos soll sie nur die Haare schlingen
   In den Sparterknoten und zum Schmaus
Eilends ihre gold'ne Leier bringen.

12. Ode. An Mäcenas.

Verlange nicht: daß ich die wilden Heere
    Numantias, den grimmen Hannibal
Und die von Pönerblut gefärbten Meere
    Besinge zu der sanften Cither Schall.

Noch die Lapithen und vom Weine trunken
    Hyläus und der Erden-Söhne Schaar,
Die vor Herakles Armen sind gesunken,
    Als Kronos strahlend Haus bedrohet war.

Du wirst es besser uns in Prosa sagen,
    Wie oft Augustus siegte, o Mäcen,
Und wie gefesselt an den Siegeswagen
    Die stolzen Fürsten durch die Straßen geh'n.

Mich hieß die Muse nur Licinia singen
   Die Herrin und den strahlend hellen Blick
Des Auges, ihrer Stimme süßes Klingen
   Und ihre Brust, so treu im Liebesglück.

Wie sie so zierlich sich bewegt im Tanze,
   Wie lieblich ihr das lose Scherzen läßt,
Wie sie den Mädchen im geschlung'nen Kranze
   Die Arme reicht an dem Dianenfest.

Und würdest du Licinias Haar verkaufen
   Um Mygdons Schatz im fetten Phrygien,
Um der Achämeniden gold'ne Haufen,
   Um volle Kammern in Arabien?

Wenn sie zum heißen Kuß den Nacken kehret,
   Und wenn sie ihn verweigert mißgestimmt
Und doch im Herzen lüstern ihn begehret,
   Und dann ihn wieder selbst gewaltsam nimmt.

13. Ode. Auf einen Baum, der den Dichter beinahe erschlug.

Wer dich gesetzt, der hat's am Unglückstag
Gethan, o Baum, und mit verruchten Händen,
Um Unheil auf der Enkel Haupt zu wenden,
    Dich groß gezogen zu des Dorfes Schmach.

Er brach gewiß dem Vater das Genick,
Besudelte mit seines Gastfreunds Blute
Bei Nacht die Kammer, und mit frechem Muthe
    Wich er von keiner Frevelthat zurück.

Er trieb mit Kolcher=Gift sein schwarzes Spiel.
Er, der dich hier auf meinen Acker setzte,
Dich Unglücksholz, das seinen Herrn verletzte
    Und auf sein unverschuldet Haupt ihm fiel.

Was Einer jede Stunde meiden muß,
Das ist dem Blick des Sterblichen verborgen;
Der pun'sche Schiffer hat sonst keine Sorgen,
Er fürchtet nur den schlimmen Bosphorus.

Dem Parther graut vor Rom's gestrenger Haft,
Der Römer scheut des flücht'gen Parthers Pfeile,
Allein von je her hat in jäher Eile
Der blinde Tod die Völker hingerafft.

Wie nahe war ich schon zu Minos Throne,
Zum finstern Reich Proserpinas gekommen,
Und zu dem abgegrenzten Sitz der Frommen?
Ich hörte der aeol'schen Saiten Ton;

Wie Sappho von dem Neid der Mädchen sang.
Noch lauter hört' ich dich Alcäus klagen,
Was du im Krieg, zu Land und Meer ertragen,
Zu deiner gold'nen Leier hellem Klang.

Um Beides wundert sich der Schatten Chor
In heil'gem Schweigen, doch begier'ger trachten
Nach der Tyrannen Sturz und nach den Schlachten
Sie dicht umher gedrängt mit durst'gem Ohr.

Was Wunder, wenn erstaunt ob solchem Sang
Das hundertköpf'ge Thier die Ohren hänget,
Und, in der Eumeniden Haar gedränget
    Die Schlangen lauschen diesem Zauberklang.

Prometheus auch und Tantalus sogar
Verträumen bei dem süßen Ton die Plagen,
Und selbst Orion säumet sich zu jagen
    Die Löwen und der scheuen Lüchse Schaar.

14. Ode. An Posthumus.

Ach Posthumus, die Jahre eilen
    Im Flug dahin, und Frömmigkeit
Bewirkt im Alter kein Verweilen,
    Im Tode nicht Barmherzigkeit.

Den Pluto wirst du nicht erweichen
    Mit hundert Stieren Tag für Tag,
Aus dessen fluthumströmten Reichen
    Sich kein Titan befreien mag.

So viel der Erde Frucht genießen,
    Die werden einst in Charons Kahn
Den schwarzen Strom befahren müssen,
    Der König wie der niedre Mann.

Horaz Oden·   8

Du magst vor Adrias Gefahren,
 Vor Mars, dem ungestümen Gott,
Und vor dem Herbstwind dich bewahren,
 Der deinem Leibe Schaden droht;

Doch mußt du den Cocytus schauen,
 Den trägen Strom, und Danaus
Verruchte Töchter und mit Grauen
 Die lange Müh' des Sisyphus.

Du mußt verlassen ohne Säumen
 Dein liebes Weib und Haus und Flur,
Dir folgt von selbstgepflanzten Bäumen
 Die leidige Cypresse nur.

Den Cäcuber, den du verschlossen,
 Ein klüg'rer Erbe trinkt ihn aus,
Auf's Estrich wird dein Wein vergossen,
 Der würdig ist zum Priesterschmaus.

15. Ode. Auf die Landsitze der Reichen.

Auf wenig Hufen wird der Pflug beschränkt
   Durch stolze Bauten, und der Teiche Saum
Erweitert sich zum See, der Ahorn drängt
   Hinweg den weinvermählten Ulmenbaum.

Wo früher dem Besitzer auf der Flur
   Der Oelbaum Früchte trug, da strömt der Duft
Von Veilchen, Myrthen und was immer nur
   Geruch verbreitet in die leere Luft.

Des Lorbeerbaumes Aeste sind zu dicht,
   Der Sonnenstrahl durchdringet nicht den Strauch,
So wollt's der ungeschor'ne Cato nicht,
   Noch Romulus, noch unsrer Väter Brauch.

Des Bürgers Gut war klein, des Staates groß;
    Es lief kein ruthenlanger Säulengang,
In den des Nordens Kühle sich ergoß,
    Dem Hause eines Einzelnen entlang.

Das Landhaus baut' er, wie sich's eben bot,
    Von Rasen, Städte aber und das Haus
Der Götter schmückte er nach dem Gebot
    Der Zeit vom Schatz des Staats mit Marmor aus.

16. Ode. An Grosphus.

Um Ruhe fleht die Götter auf dem Meer
  Der Schiffer, wenn ihn grauser Sturm erfasset,
Sich schwarze Wolken thürmen um ihn her
  Und Mond und freundlich Sternenlicht erblasset;

Um Ruh' der schmucke Meder mit dem Pfeil,
  Um Ruhe Thraciens wilde Kriegeshaufen,
Doch, Grosphus, ist sie nicht um Purpur feil
  Und nicht um Gold und Edelstein zu kaufen.

Denn nicht vermag des Lictors drohend Wort
  Den Aufruhr in dem Herzen zu entwirren,
Noch treiben Schätze Golds die Sorgen fort,
  Die um getäfelte Gemächer schwirren. —

Der lebet auch mit Wenigem beglückt,
  Dem angeerbt von alter Väter Tagen
Das Salzfaß seine schlichte Tafel schmückt
  Und Furcht und Geiz den Schlummer nicht verjagen.

Was soll man in dem kurzen Leben sich
  So plagen und nach fremden Sonnen ziehen?
Entfernst du auch vom Vaterlande dich,
  So wirst du doch dir selber nicht entfliehen.

Die schnöde Sorge steigt mit dir an Bord,
  Sie folget hinter raschen Reiterzügen
So schnell wie Hirsche und der heft'ge Nord,
  Vor dessen Hauch die Wolken eilend fliegen.

Wer sich erfreut am gegenwärt'gen Glück,
  Der sorget nicht, was morgen möge werden,
Er lächelt heiter weg das Mißgeschick;
  Denn ganz vollkommen ist kein Glück auf Erden.

Achill sank rühmlich in ein kühles Grab,
  An langem Alter mußte Tithon zehren;
Ein Gut, das mir ein gütig Schicksal gab,
  Das wird es neidisch dir vielleicht verwehren.

Dich brüllen lustig hundert Herden an,
 Sicil'sche Kühe geh'n auf deinen Weiden,
Es wiehert dir ein edles Viergespann,
 Und doppeltfarb'ger Purpur muß dich kleiden;

Mir gab die Parze nur ein kleines Gut,
 Doch mit ein wenig griech'schem Geist bedachten
Mich die Camönen und verliehen Muth,
 Den Neid des häm'schen Pöbels zu verachten.

17. Ode. An Mäcenas.

Was brichst du mir das Herz mit deiner Klage?
　Es ist mein und der Götter Wille nicht,
Daß du hingehst vor meinem Todestage,
　Du meines Lebens Zier und Zuversicht!

Wenn dich die eine Hälfte meines Lebens,
　Die theurere, ein früher Tod entrückt,
Was weil' ich mit der andern noch vergebens,
　Sie ist ja doch zerrissen und zerstückt.

Wir müssen Beid' an Einem Tage scheiden,
　Ich schwöre dir's und halte meinen Eid;
Ich komm', ich komm', ich werde dich begleiten
　Auf deinem letzten Gang, ich bin bereit!

Nicht der Chimära graues Feuerschnauben,
　Noch Giges, der mit hundert Armen dräut,
Soll jemals meiner Treue dich berauben,
　So will's die göttliche Gerechtigkeit.

Es sei nun mein Gestirn der Wage Zeichen,
   Es mag der unglückschwangere Scorpion,
Es mag der Steinbock, der in Westens Reichen
   Das Meer beherrschet, mir Gefahren droh'n.

Doch stimmt so schön mein Stern zu deinem Sterne,
   Denn Zeus hielt jüngst mit seinem Flammenblick
Von dir den schädlichen Saturnus ferne,
   Und hemmte das verderbliche Geschick;

Worauf dir dreimal dann das Volk gespendet
   In dem Theater lauten Jubelschall; —
Und jüngst erschlug, hätt' Faun es nicht gewendet,
   Mich eines trügerischen Baumes Fall.

Denn Faunus ist der Musen=Söhne Hüter.
   Nun baue den gelobten Tempel du,
Und schlachte Stiere, mächtiger Gebieter,
   Ich bring' für mich ein niedrig Lamm herzu.

18. Ode. Auf die Habsucht.

Meines Hauses Decke glänzt
    Nicht von Gold und Elfenbein,
Noch beschwert den Säulenschaft,
Fern aus Afrika entrafft,
    Ein hymett'scher Marmorstein.

Keine edle Schützlings=Frau'n
    Weben mir ein Purpurkleid
Aus Laconien, noch erschlich
Als entfernter Erbe ich
    Attal's Königs=Herrlichkeit.

Treue aber und des Geist's
    Volle Ader ward mein Theil,
Reiche suchen Armen mich,
Von den Göttern flehe ich
    Sonst kein ander' Glück und Heil.

Bitt' auch nicht den mächt'gen Freund,
   Daß er weiter mir beschert,
Bin zufrieden und vergnügt,
Mit dem einz'gen Gut beglückt,
   Das mir in Sabin gehört.

Ein Tag treibt den andern fort,
   Monde gehen zu und ab;
Marmorblöcke läß'st du hau'n,
Sterbend noch Paläste bau'n,
   Und vergiß'st dein nahes Grab.

Immer weiter drängest du
   Vorwärts Bajäs Uferrand,
Wo das Meer sich rauschend bricht;
Deinem Geiz genüget nicht
   Der Besitz vom festen Land.

Warum rückst du stets zurück
   Deines Nachbars Markungsstein,
Warum dringst du immerhin
Dich mit unbarmherz'gem Sinn
   In des Schützlings Grenzen ein?

Mann und Weib vertreibest du
  Von dem eig'nen Herde fort,
Mit den Kindern nackt und bloß
Ihre Götter in dem Schooß
  Irren sie von Ort zu Ort.

Aber auf den reichen Herrn
  Wartet sicherer kein Haus,
Als des Orcus finstrer Schlund,
Der mit räuberischem Mund
  Alles schlingt in Nacht und Graus.

Wonach ringst du immerfort?
  Sieh' die Erde zieht hinab
Wie des armen Sklaven Sohn
So den König von dem Thron,
  Alle in ein gleiches Grab.

Den Prometheus führt um Gold
  Nicht zurück des Orcus Knecht,
Den verruchten Tantalus
Hält gebannt der styg'sche Fluß
  Und des Tantalus Geschlecht.

Charon ist es, der zuletzt
  Auch des Armen Seufzer hört,
Und gerufen oder nicht
Hilft er ihm von dem Gewicht
  Jeder Last, die ihn beschwert.

19. Ode. Dithyrambe.

Bacchus belauscht' ich Gesänge verkündend,
  — Glaubet es nur —
Wie er die Nymphen, die horchenden, lehrte
Und der gehörnete Satyr ihn hörte
  Spitzend die Ohren auf einsamer Flur.

Evöe! Jetzt noch erbebt mir die Seele.
  Lasse doch ab
Liber! Gewaltige Freuden durchdringen
Jetzt meine Sinne, o mäß'ge das Schwingen
  Von deines Thyrsus erschütterndem Stab.

Nun darf ich singen die wilden Bacchanten,
  Strömenden Wein,
Und wie die Bäche von Milch sich ergießen,
Liebliche Quellen von Honigseim fließen
  Aus den gehöhleten Eichen im Hain.

Singen der seligen Gattin Geschmeide,
  Sternenbesät,
Wie sich der Thraker Lykurgus zersplittert,
Und wie der Kerker des Pantheus erschüttert
  Stäubend zerfiel wie vom Sturme verweht.

Beugest die Ströme du nicht und der Inder
  Wogendes Meer?
Knüpfest die Schlangen der bacchischen Schaaren
Ohne Gefahr zu den triefenden Haaren,
  Wenn sie sich treiben auf Bergen umher.

Als die Giganten gen Jupiters Veste
  Stürmeten an,
Bist mit des Löwen entsetzlichen Krallen
Du auf den Rhötus so grimmig gefallen
  Und mit dem schrecklich=zermalmenden Zahn.

Warst du auch immer zum Spiel und zum Tanze
  Lieber bereit,
Glaubte man auch dich zum Kampf nicht geneiget,
Hast du dich doch als derselbe gezeiget
  Mitten im Krieg wie in friedlicher Zeit.

Cerberus gab dir, dem Goldengehörnten,
        Traulichen Gruß,
Gieng mit dem wedelnden Schweif in die Runde,
Und mit dem dreifach=gespaltenen Munde
    Leckt er beim Scheiden dir Schenkel und Fuß.

20. Ode. An Mäcenas.

Auf neuem und gewalt'gem Fittich schwebe
  Ich zwiegestalt'ger Dichter in die Luft
Und über Städte und den Neid erhebe
  Ich mich empor von dieser Erde Gruft.

Ob auch von armen Eltern nur geboren,
  So sink' ich doch nicht in des Todes Staub;
Ich, den Mäcen zum Freunde sich erkoren,
  Ich werde nicht der styg'schen Wellen Raub.

Schon decken sich mit rauhem Flaum die Glieder,
  Von oben her verwandl' ich mich zum Schwan.
Und schwellend setzt ein glänzendes Gefieder
  Sich an den Fingern, an den Schultern an.

Horaz Oden.   9

Ich werde bald auf des Gesanges Schwingen
Noch schneller, als der Sohn des Dädalus,
Nach der Hyperboräer Landen dringen
Und nach den Syrten und zum Bosphorus.

Mich wird der Kolcher und der Daker kennen,
Dem vor des Marsers Schwert der Muth entsinkt,
Mich wird der äußerste Gelone nennen,
Der Spanier und wer die Rhone trinkt.

Drum lasset mir die leeren Klaggesänge
An meinem Grab, das Aechzen und das Schrei'n;
Das eitle überflüssige Gepränge
Und aller Jammer müsse ferne sein.

Drittes Buch.

1. Ode.   Die Genügsamkeit.

Verhaßter Pöbel bleibe fern, und ihr
Bezähmet eure Zungen, denn ich singe
Als Musenpriester nie gehörte Dinge
   Den Knaben und den zarten Mädchen hier!

Den Fürsten dient das Volk von Furcht bewegt,
Sie selbst sind wieder unterthan dem Gotte,
Der ruhmvoll stürzte der Giganten Rotte,
   Und dessen Wink das ganze All erregt.

Der Eine mag in weiterem Gebiet
Sich Bäume pflanzen, dieser bei den Wahlen
Mit seinem Ruhm und seiner Tugend prahlen,
   Und jener stütze sich auf sein Geblüt;

Der Andre habe einen größern Schwarm
Klienten; doch bewegt in ihrem Schooße
Die weite Urne ihrer Aller Loose,
  Und gleich entrafft das Schicksal Reich und Arm.

Wem über'm schuld'gen Haupt die Klinge schwebt,
Den lullen nicht in Schlaf der Cither Weisen
Und Vogelsang, noch wird durch leckre Speisen
  Siciliens ihm des Essens Lust belebt.

Des armen Landmanns niedres Dach verschmäht
Der süße Schlummer nicht, noch grüne Matten
An Baches Rand, in kühler Bäume Schatten,
  Noch Tempe, wo der leichte Zephyr weht.

Dem, der genügsam ist, wird nimmer bang
Auf offnem Meere bei der Wellen Brausen,
Wenn bei des Steinbocks Aufgang Stürme sausen
  Und bei des Wagenlenkers Untergang.

Ihn kümmert's nicht, wenn auch der Hagelschlag
Die Reben trifft und wenn die Bäume leiden
Vom rauhen Winter oder dürren Zeiten,
  Und in den Gärten mangelt der Ertrag.

Des Festlands überdrüßig senkt der Herr
Mit Knecht und Schaffner des Gesteines Menge
Ins Wasser, und so treibt er in die Enge
    Durch Dämme selbst die Fische in dem Meer; —

Doch folgt die schwarze Sorge seinem Lauf
Und Furcht und Angst, wohin er auch sich kehre,
Sie weicht nicht von der ehernen Galeere,
    Und setzt sich seinem Rosse hinten auf.

Wenn meinen Unmuth nun der phryg'sche Stein,
Des Purpurmantels sternenheller Schimmer
Und achämen'sche Nardensalbe nimmer
    Erheitern kann und kein Falerner=Wein;

Wofür soll ich dann in den hohen Saal
Nach neuer Mode prächt'ge Säulen setzen?
Warum soll ich mit mühevollen Schätzen
    Vertauschen denn mein still Sabiner=Thal?

2. Ode. Römertugend.

Harte Armuth lern' der Knabe tragen,
  Früh erstarkt in rauher Waffen Wehr,
In die Flucht den wilden Parther jagen
  Hoch zu Roß mit fürchterlichem Speer.

Unter freiem Himmel auch bei Stürmen
  Wachs er auf. — Wenn dann die junge Braut
Mit der Fürstin von des Feindes Thürmen
  Auf das Schlachtgefild hernieder schaut:

Seufzet sie: „Ach daß doch, unerfahren
  In dem Kampf der Bräutigam sich nicht
Jenem Löwen nahe, der die Schaaren
  Mit dem blut'gen Racheburst durchbricht!"

Süß ist es und ehrenvoll zu sterben
  Für das Vaterland; denn es erreicht
Auch des Flücht'gen Fersen das Verderben,
  Der dem Feinde feig den Rücken zeigt.

Niemals liegt in Schmach die Tugend nieder,
   Strahlt in unbefleckten Ruhmes Licht,
Nimmt den Herrscherstab und läßt ihn wieder,
   Aber nach des Volkes Launen nicht.

Tugend schließt dem Würdigen den Himmel
   Auf, und bricht sich nie betret'ne Bahn,
Ueber's Nebelthal und Weltgetümmel
   Schwebt auf stolzem Fittich sie hinan.

Sichern Lohn erhält auch treues Schweigen:
   Wer der Ceres ernst Geheimniß brach,
Darf mit mir nicht in die Barke steigen
   Und nicht wohnen unter Einem Dach.

Denn schon oft hat Jupiter dem Frommen
   Zürnend beigesellt den Bösewicht,
Dieser wird der Strafe nicht entkommen,
   Wenn auch hinkend, läßt sie ihn doch nicht.

3. Ode. Heldentugend.

Den festen und gerechten Mann erschüttert
　　Des Volkes ungestümer Eifer nicht,
Wenn's Unrecht will; sein Felsenmuth erzittert
　　Nicht vor des Zwingherrn drohendem Gesicht.

Ihm bangt nicht, wenn der Südwind thürmt die Wellen
　　Des Meers und wenn des Donnrers Blitze glühn;
Und würde auch der Erdball selbst zerschellen,
　　Die Trümmer träfen unerschrocken ihn.

Durch diese Kunst hat Pollux sich erhoben
　　Und Herkules der Held zum Sternensaal,
In deren Mitte sich Augustus droben
　　Mit Purpurlippen setzt zum Nektarmahl.

Durch diese Kunst hat Bacchus an den Wagen
　　Die ungelehr'gen Tiger einst gespannt;
Durch diese Kunst entfloh Quirin, — getragen
　　Von Mars Gespann — dem acheront'schen Strand.

Für ihn sprach Juno in dem Götter=Rathe
   Sich günstig aus: „Gestürzt ward Pergamus
„Von einem fremden Weib und vom Verrathe
   Des falschen Richters nach des Schicksals Schluß.

„Mir wurd' es übergeben und der keuschen
   Athene sammt dem Volk und Herrn der Stadt,
„Da selbst die Götter um den Lohn zu täuschen
   Laomedon sich frech erkühnet hat.

„Jetzt lacht der freche Gast nicht mehr Helenen,
   Der Buhlerin, und Priams falsches Haus
„Treibt nimmermehr die streitbaren Hellenen
   Mit Hektors Hilfe von dem Bollwerk aus.

„Der Krieg, den unser Zwist so lang gedehnet,
   Ist aus, ich habe meinen zorn'gen Sinn
„Mit Mars und seinem Enkel ausgesöhnet,
   Den ihm gebar die Trojerpriesterin.

„Ich will es dulden, daß er in die helle
   Behausung trete, daß bei unsrem Mahl
„Er Nektar schlürfe und sich beigeselle
   Zu unsrer Götter ewig=sel'ger Zahl.

„So lang noch zwischen Rom und Troja wüthet
    Das Weltmeer, und am Grab des Priamus
„Und Paris noch das Wild die Jungen hütet,
    Und ihren Hügel stampft der Rinder Fuß;

„So lang soll herrschen über alle Grenzen
    Der Stamm der Flücht'gen, schimmernd möge stehn
„Das Capitol und Rom in Siegeskränzen,
    Gesetze geben bis nach Medien.

„An fernen Küsten werd' sein Nam' erhoben,
    Bis wo sich Afrikas entlegner Strand
„Durch's Bett des Meeres scheidet von Europen
    Und der geschwellte Nil benetzt das Land.

„Wenn Rom das Gold läßt ruh'n in seinen Schachten,
    Wo besser es verbirgt der Erde Schooß,
„Und nicht der Welt zu frevelhaftem Trachten
    In den Verkehr giebt, bleibt es immer groß.

„Dann wird's die Waffen tragen zu den Enden
    Der Welt, neugierig um den Ort zu seh'n,
„Wo kalten Reif die Nebel nieder senden,
    Und wo die Sonne mög' am höchsten steh'n.

„Dies Loos verkündend warn' ich die Quiriten,
　　Daß sie sich vor zu großem Selbstvertrau'n
„Und übertrieb'ner Ahnenliebe hüten
　　Und nicht das alte Troja wieder bau'n.

„Und höben auch sich Trojas Sterne wieder,
　　— Trotz dieser bösen Zeichen — noch einmal
„Schlüg ich mit stolzer Heeresmacht es nieder,
　　Ich des Kronion Schwester und Gemahl.

„Und sollte dreimal auch die eh'rne Mauer
　　Apoll erbau'n, sie fiele dreimal dann
„Durch Griechen-Hand, und dreifach wär' die Trauer
　　Gefang'ner Weiber über Kind und Mann."

Doch ziemt sich dies für meine leichten Saiten?
　　Wohin versteigst du Muse dich? — — Laß ab
Der mächt'gen Götter Reden auszudeuten;
　　Zieh' Hohes nicht durch niedern Ton herab.

4. Ode. An Kalliope.

Vom Himmel steig' herab und laß entgleiten
   Der Flöte einen längeren Gesang,
O Muse, oder singe zu den Saiten
   Apolls mit deiner Stimme hellem Klang!

Und hört ihr's, oder täuschen mich nur Träume,
   Als hör' ich sie und irr' im heil'gen Wald,
Wo sanfte Lüfte säuseln durch die Bäume
   Und kühler Bäche Rauschen wiederhallt.

Ich schlief als Knabe, fern vom Heimathlande
   Apulien, und vom Spiel in süßer Ruh,
Da deckten mich an Vulturs jähem Rande
   Mit frischem Laube heil'ge Tauben zu.

Ein Wunder allen Denen, welche thronen
    Auf Acherontias hoher Felsenwand,
Und die bantinschen Waldeshöhn bewohnen
    Und bau'n Ferentums fettes Ackerland: —

Daß ich von Bären und von gift'gen Schlangen
    Unangetastet schlafend hier geruht,
Von Lorbeern und von Myrthenreis umfangen
    Ein furchtlos Knäblein in der Götter Hut.

Ja euer bin ich, euer, holde Musen,
    Ich mag nun auf Sabinums steile Höhn,
Mag nach Präneste oder Bajas Busen,
    Mag nach dem hochgelegnen Tibur gehn.

Befreundet euren Quellen, euren Chören,
    Vermochte mich die Schlacht Philippis nicht,
Noch Palinurus Wirbel zu versehren,
    Noch auch des fluchbeladnen Baums Gewicht.

Seid ihr mit mir, so will ich muthig schiffen
    Im Nachen auf dem wilden Bosphorus,
Und wandern längs Assyriens Felsenriffen
    Im heißen Sand mit unverdroß'nem Fuß.

Will zu den Britten, die den Fremden morden,
   Zu den Concanern, welche Roßblut nährt,
Zu der Gelonen pfeilbewehrten Horden,
   Zum Scythen=Strome wandern unversehrt.

Ihr bringt dem großen Cäsar, wenn ermattet
   Er in den Städten birgt der Krieger Schaar
Und in der Musen=Grotte überschattet
   Am Ziel der Mühen ruht, Erquickung dar.

Ihr rathet stets zur Milde und ihr freuet
   Euch freundlich solchen Raths. — Es ist bekannt,
Wie Zeus hat der Titanen Schaar zerstreuet
   Den Blitzstrahl schleudernd mit gewalt'ger Hand.

Er, der allein das feste Land regieret
   Die Städte und den Hades und das Meer,
Er, welcher mit gerechtem Scepter führet
   Die Menschen alle und der Götter Heer.

Ha! welch' ein Schrecken war's, als kam zu stürmen
   Die troß'ge Jünglingschaar des Himmels Thron
Und mit gewalt'gen Armen aufzuthürmen
   Auf des Olympus Haupt den Pelion.

Was aber konnte Mimas Kraft erreichen
    Und des Porrhyrion drohende Gestalt,
Und Rhötus und Enceladus, der Eichen
    Entwurzelt und des Typhöeus Gewalt:

Da Pallas mit der Aegis grausem Tone
    Entgegenstand und hohen Muthes voll
Vulkan der Gott und Juno die Matrone
    Und Pataras und Delos Gott, Apoll?

Er, welcher von den Schultern nie entladet
    Den Bogen und im Quell Castalia
Die aufgelösten Lockenhaare badet,
    Und herrscht im Mutterhain und Lycia.

Macht ohne Klugheit muß sich selbst erdrücken,
    Wer aber weise mäßigt seine Kraft,
Den wird der Götter Walten stets beglücken,
    Das Alle, die auf Unheil sinnen, straft.

Das mag der Riese Giges uns beweisen,
    Und durch die Brunst zur Göttin frech erregt
Orion, den das jungfräuliche Eisen
    Dianas in den Tod dahin gestreckt.

Horaz Oden.   10

Die Erde seufzet, auf die Ungeheuer
   Gewälzt und jammert um die eigne Brut,
Die in den Orcus warf der Blitz, — das Feuer
   Durchfrißt den Aetna nicht mit seiner Gluth.

Nie wird der Rachegeier mehr verlassen
   Die Leber des verbuhlten Tityus,
Und dreimalhundert schwere Ketten fassen
   Den frauenräub'rischen Pyrithous.

5. Ode. Regulus.

Daß in dem Himmel Zeus regiere, lehren
    Die Donner, aber hier auf Erden unten
Muß man Augustus nun als Gott verehren,
    Der Perser und Britannen überwunden.

Ha! lebte nicht in der Barbaren-Ehe
    Des Crassus Krieger tief in Spott und Schande?
O wehe Rom! Verkehrte Sitten wehe!
    Ergraut' er nicht auf seines Schwähers Lande?

Ha! sollten Appuler und Marser fröhnen
    Dem Mederkönig und in ihren Banden
Sich nicht nach Rom und nach der Toga sehnen,
    So lang die Stadt und Jupiter bestanden?

Das wollt' uns weise Regulus ersparen
    Und widerrieth die schimpflichen Verträge,
Damit das schlimme Beispiel nicht Gefahren
    Für kommende Geschlechter bringen möge,

Wenn die Gefangnen sie nicht sterben ließen. —
　„Ich sah, so sprach er, Waffen unsrem Heere
„Vom Feind ohn' allen Widerstand entrissen,
　„Als Zierde der carthagischen Altäre.

„Den Arm des freien Bürgers mußt' ich schauen
　„Gebunden auf den Rücken, mußte offen
„Die Thore sehen und die Felder bauen,
　„Die kurz zuvor noch unser Schwert getroffen.

„Wird, losgekauft, der Krieger tapfrer kehren?
　„Zur Schande werdet ihr den Schaden haben,
„Vergeblich ist's am Kleid mit Schminke wehren,
　„Sobald die Farbe davon abgeschaben.

„Die wahre Tugend einmal nur entschwunden
　„Wird nie in die entweihte Seele kehren. —
„Ja, wenn der Hirsch, der sich dem Garn entwunden,
　„Sich keck wird gegen seine Feinde wehren,

„Dann wird zum andernmale muthig schlagen
　„Den Pöner der, der ihm sich feig ergeben,
„Der an den Armen Riemen hat getragen
　„Und vor dem Tode fühlte Angst und Beben.

„Nicht wissend, wo in Wahrheit zu gewinnen
　„Das Leben sei, vermischt er Krieg und Frieden.
„O Schande! O Carthago, die Ruinen
　„Italiens haben deinen Ruhm entschieden!"

Dann, geht die Sage, hat er wie entehret
　Die Hände, von den Kindern ihm geboten,
Und seiner Gattin Küsse abgewehret
　Und senkte starr den ernsten Blick zu Boden.

Und als er dann der Väter wandelbaren
　Entschluß befestigt mit dem seltnen Rathe,
Enteilt er durch betrübter Freunde Schaaren,
　Ein edler Flüchtling, nach dem fremden Staate.

Wohl wußt' er, welche Qual in Feindes Landen
　Ihm drohen, doch entfernt er das Gedränge
Der seine Rückkehr wehrenden Verwandten,
　Und eilte durch des Volkes dichte Menge;

Als hätt' er die Geschäfte der Klienten
　Vollbracht nach langem Hin= und Wiederstreiten
Und wollte nach Venafrums Flur sich wenden
　Und am lakonischen Tarent sich weiden.

6. Ode. An die Römer.

Du büßest schuldlos deiner Väter Thaten,
 O Römer, bis du wieder hergestellt
Die Tempel, welche in Verfall gerathen
 Und Götterbilder, die der Ruß entstellt.

Du herrschest, weil du Göttern weißst zu dienen;
 Anfang und Ende liegt in ihrer Hand.
Als sie vergessen wurden, kam von ihnen
 Viel Unheil über das hesperische Land.

In zwei vom Gotte widerrathnen Schlachten
 Besiegten uns Monäses und Pacor,
Und von der Beute, die die Parther machten,
 Erglänzt ihr Halsschmuck stolzer als zuvor.

Beinah' hat Rom, vom Bürgerkrieg ergriffen,
  Der Daker und Aegyptier zerstört,
Der Eine furchtbar auf den schnellen Schiffen,
  Der Andre besser mit dem Pfeil bewehrt.

Zuerst hat die verruchte Zeit die Ehe
  Befleckt und die Familie und den Stamm;
Und diese Quelle war's, woraus das Wehe
  Aufs Volk und Vaterland in Strömen kam.

Die Jungfrau lernt begierig jon'sche Tänze
  Und übt in eitlen Künsten ihren Sinn.
Sie giebt, noch an des Kindesalters Grenze,
  Sich schon unzüchtigen Gedanken hin.

Bald sucht sie jüng're Buhlen mit den Blicken
  Bei ihres Mann's Gelag, und wählt nicht lang,
Wer mit verbot'ner Lust sie soll beglücken,
  Geheim verstohlen auf dem dunkeln Gang.

Sogar mit ihres eignen Gatten Willen
  Geht sie, den Wunsch vom fran'schen Schiffsratren,
Von einem schmutz'gen Krämer zu erfüllen,
  Der ihre Schande kauft um theuren Lohn.

Von Solchen ist die Jugend nicht entsprossen,
 Die einst gefärbt das Meer mit Römer=Blut
Und Pyrrhus und Antiochus den Großen
 Besiegt und Hannibals ergrimmten Muth.

Das war ein Stamm von kriegerischen Bauern,
 Der wohl verstand mit dem Sabeller=Pflug
Den Boden umzudreh'n und nach dem sauern
 Befehl der Mutter Klötze heimwärts trug,

Wenn schon die Sonn' der Berge Schatten dehnte,
 Das Joch vom Hals des müden Stieres nahm,
Und mit des Wagens Sinken die ersehnte
 Erquickungsstunde auf die Fluren kam.

Wie hat nicht Alles durch die Zeit verloren
 An Werth! Schon unsre Eltern wurden schlecht,
Wir sind noch schlimmer, und von uns geboren
 Entsproßt ein noch entarteter Geschlecht.

7. Ode. An Asterie.

Wein' um Gyges nicht, Asterie,
    Denn ihn führen treu zurück
Ersten Lenzes weiche Schwingen,
Thynus Waaren wird er bringen
    Reich gesegnet durch das Glück.

Nach des Ziegenbockes Wüthen
    Hat der grimme Südwind ihn
Hin nach Oricum verschlagen,
Und dort bringt er unter Klagen
    Schlaflos kalte Nächte hin.

Der verliebten Wirthin Bote
    Ist mit arger List bemüht
Ihn zu ködern, er verkündet,
Daß gleich dir von Lieb' entzündet
    Chloë schmerzlich für ihn glüht.

Sagt ihm, wie der Tugend wegen
 Prötus einst mit frühem Tod,
Von dem falschen Weib betrogen
Und durch Eifersucht bewogen,
 Den Bellerophon bedroht.

Wie dem Orcus kaum entgangen
 Peleus, weil er ungerührt
Von Hippolyta geblieben;
Viel erzählt er, was zum Lieben
 Und zum Sündigen verführt.

Doch umsonst! Er ist noch tauber,
 Als Ikarer=Felsen sind. —
Aber vor Enipeus hüte
Du dich, daß des Nachbars Güte
 Nicht zu sehr dein Herz gewinnt.

Tummelt auch gleich ihm kein Andrer
 Auf dem Marsfeld hin und her
Seine Rosse, theilt die Welle
Keiner auch mit solcher Schnelle
 In dem Tusker=Strom wie er.

Schließ dein Haus am frühen Abend,
  Sieh nicht nach der Straße hin
Bei der Flöte Klagetönen:
Wird er auch dich grausam nennen,
  Bleibe doch beim harten Sinn.

8. Ode. An Mäcenas.

Daß ich als Hagestolz die Mars=Kalenden
Mit Räucherwerk, mit Blumen in den Händen,
  Mit Kohlen auf den Rasen will begehn,
  Das kannst du nicht ergründen, o Mäcen.

Und bist doch ein Gelehrter, aber höre,
Als ich beinah durch eines Baumes Schwere
  Erschlagen ward, gelobt' ich süßen Wein
  Dem Bacchus und ein Böcklein obendrein.

An diesem Tag, zum Feste mir erlesen,
Im Lauf des Jahres wird der Kork sich lösen
  Von einem Krug, der seit dem Consulat
  Des Tullus schon den Rauch getrunken hat.

Leer' auf des Freundes Rettung hundert Becher
Und laß, Mäcenas, als ein wackrer Zecher
   Die Lampen brennen bis zum Morgenstern,
   Und aller Streit und Lärmen bleibe fern.

Sei um das Wohl der Stadt jetzt unbekümmert,
Das Heer des Cotison ist ja zertrümmert,
   Die Meder sind zu ihrem eignen Leid
   Durch Bürgerfehden mit sich selbst entzweit.

Nach langem Kampf trägt endlich unsre Bande
Der stolze Cantaber im fran'schen Lande,
   Und selbst der ungestüme Scythe sucht
   Mit abgespanntem Bogen jetzt die Flucht.

Das Vaterland ist, wie du siehst, geborgen,
Vergiß nun auch zugleich dein häuslich Sorgen,
   Vertreib den Ernst und nimm mit frohem Sinn
   Die flücht'ge Gunst des Augenblickes hin.

9. Ode. Wechselgespräch.

Horaz.

So lang du gut mir warst, so lang
    Den Arm kein andrer Günstling dir
Um deinen weißen Nacken schlang,
    Da däuchte ich so glücklich mir,
    Als wie der Perserkönig.

Lydia.

Da du mich liebtest, und so lang
    Nicht Lydia nach der Chloë stund,
Da hatte einen guten Klang
    Mein Nam' in aller Römer Mund,
    Sogar vor Mutter Ilia.

Horaz.

Jetzt fesselt Chloë mir das Herz,
    Die Thrakerin, mit Lautenspiel
Und süßem Lied. Den Todesschmerz
    Ertrüg ich gern, wenn's Gott gefiel,
    Ihr Leben dann zu schonen.

Lydia.

Mich sengt mit wechselseit'ger Gluth
    Jetzt Calaïs des Ornyths Sohn:
Zwiefach stürb ich mit frohem Muth,
    Wenn mir die Parzen dann zum Lohn
      Des lieben Knaben schonten.

Horaz.

Wie wär' es, wenn die alte Lieb'
    Uns knüpfte an ihr ehern Joch;
Wenn ich die Chloë nun vertrieb'|
    Und nur allein der Lydia noch
      Die Thüre offen stünde?

Lydia.

Zwar schöner als ein Sternenbild
    Ist er, du leichter als ein Rohr,
Und wie das Meer so brausend wild,
    Doch ziehe ich mit dir es vor
      Zu leben und zu sterben.

10. Ode. An Lyce.

Tränkest du den Tanais
    Angetraut dem roh'sten Mann
Und ich läg' vor deinen Thüren
    Bei dem grimmigen Orkan,
Würde dich das Mitleid rühren.

Horch' nur, wie die Pforte klirrt,
    Wie um der Gebäude Kreis
Rings vom Sturm die Bäume knarren!
    Sieh', der unbewölkte Zeus
Macht den frischen Schnee erstarren.

Laß den Stolz, den Venus haßt,
    Daß dein Glück nicht rückwärts geh',
Denn den Freiern abgeneiget
    Hat dich als Penelope
Der Tyrrhener nicht gezeuget.

Wenn auch kein Geschenk, kein Flehn,
   Noch des Manns verletzte Pflicht,
Den die Sängerin verführet,
   Noch mein blasses Angesicht,
Das von Liebe zeugt, dich rühret:

So verstoß mich doch nicht ganz,
   Hart wie Eichen, wie die Brut
Von der Mauritaner-Schlange;
   Denn ich trag' die Regenfluth
Auf der Schwelle nimmer lange!

11. Ode. An Merkur.

Hilf o Merkur, durch welchen angeleitet
    Das Lied Amphions einst den Stein bewegt,
Und du, o Leier, siebenfach besaitet,
    Die sanfte Töne in dem Busen trägt.

Du vormals stumm und unwerth, jetzt bei Reichen
    Am Gastmahl und beim Tempeldienst geehrt,
O sing ein Lied, um Lyden zu erweichen,
    Die noch ihr sprödes Antlitz von mir kehrt.

Die gleich dem jungen Füllen auf der Weide
    Noch lustig springt und die Berührung flieht,
Und unerfahren noch in Hymens Freude
    Dem Nahen eines Gatten sich entzieht.

Du führest im Geleite starke Eichen
    Und Tiger, Du verweilst der Ströme Fluß,
Ja deinen Schmeicheltönen mußte weichen
    Des Orcus grimmer Wächter Cerberus.

Wenn gleich dem fürchterlichen Höllenhunde
    Das Haupt ein grausig Schlangenheer umringt,
Und ihm aus seinem dreigezüngten Munde
    Ein pesterfüllter Hauch und Geifer dringt.

Irion hat ja selber lachen müssen
    Und Tityus trotz seines Herzens Angst,
Der Danaiden Faß hört' auf zu fließen,
    Da du den Mädchen lust'ge Lieder sangst.

Und Lyde soll nun das Verbrechen hören
    Von jenen Jungfrau'n und der Strafe Maß,
Wie unaufhörlich ihnen sich entleeren
    Die Fluthen durch das bodenlose Faß:

Wie späte Rache noch im Reich der Schatten
    Die Schuld'gen trifft. O unerhörte That!
O freche Brut, die in das Herz der Gatten
    Den mörderischen Stahl gesenket hat!

Nur Eine, werth, daß Hymens Kranz sie schmücke,
    Ward edelmüthig zur Verrätherin
An ihres eidvergeßnen Vaters Tücke:
    Die Nachwelt preist noch ihren hohen Sinn.

„Wach auf! Wach auf! so rief sie dem Gemahle,
    Daß nicht der lange Schlaf, woher du nie
„Ihn ahnetest, auf deine Augen falle!
    Den Schwäher und die argen Schwestern flieh!

„Wie von der Löwin Zahn das Reh, so werden
    Sie Mann für Mann von ihnen hingerafft,
„Ich, weichern Sinnes, kann dich nicht gefährden
    Und laß dich frei von der Gefangenschaft.

„Und schlüge auch der Vater mich in Bande,
    Weil ich des Gatten mitleidsvoll geschont,
„Und schiffte er mich ein nach jenem Lande,
    Wo fern entlegen der Numider wohnt!

„Entflieh so weit dich Wind und Füße tragen,
    So lang dich Venus schirmet und die Nacht.
„Glück zu! und schreibe auf mein Grabmal Klagen,
    In denen meines Schicksals ist gedacht!

12. Ode. Der Neobule Klage.

Ach wie traurig! darf ein Herz
    Nicht an Liebe denken,
Und die Sorgen und den Schmerz
    Nicht im Wein ertränken,
Weil im Ohre immerfort
Summt des Oheims scheltend Wort!

Neobule, dir entführt
    Amor deinen Rocken,
Deine Weberei verwirrt
    Und geräth ins Stocken,
Jenes Liparäers Glanz
Fesselt deine Seele ganz.

Um die glatte Schulter braust
    Ihm der Tiber Welle,
Keiner gleicht ihm in der Faust,
    Keiner ihm an Schnelle.
Rüstig wie Bellerophon
Fliegt er auf dem Roß davon.

Im Gebüsch das wilde Schwein
Weiß er keck zu spießen,
Auf der Hirsche schnelle Reih'n
Mit dem Pfeil zu schießen,
Wenn sie über's Feld dahin
Auf der Flucht vorüber zieh'n.

13. Ode. An den bandusischen Quell.

O Born Bandusias, klarste aller Quellen,
   Du süßen Weins und goldner Blumen werth,
   Auf morgen ist ein Böcklein dir beschert;
Mit rothem Blut soll's färben deine Wellen,
Obschon zu Brunst und Kampf ihm Hörner schwellen,
   Dem muth'gen Sprößling aus der Ziegenherd! —
   Des Hundstags Hitze läßt dich unversehrt;
Die irren Schafe suchen deine hellen
   Gewässer, welche frische Kühlung reichen
   Den Stieren, wenn am Pfluge sie ermatten. —
Dein Name wird berühmt sein, denn besingen
   Soll dich mein Lied sammt jenen hohen Eichen,
   Die deine Fluthen ragend überschatten,
Wie sie von Fels zu Fels geschwätzig springen.

14. Ode.
Auf Cäsars Rückkehr aus Spanien.

Gleich Herakles kehrt ins Vaterland
Siegreich uns August vom span'schen Kriege,
Da wir glaubten, daß er seine Siege
    Schon bezahlt mit seines Lebens Pfand.

    Am geliebten Gatten doch erfreut
Bring', o Gattin, Opfer für die Götter!
Grüße du o Schwester unsern Retter,
    Und ihr Mütter kommt im Feier=Kleid!

    Jubelt über eure Töchter, freut
Euch der Söhne, die zurückgekehret!
Ihr Vermählte und ihr Knaben wehret
    Jedem unheilvollen Worte heut!

    Dieser Tag, mir wahrhaft festlich, treibt
Weg die Sorgen, und des Aufruhrs Schaaren
Fürcht' ich nicht, noch jähen Tods Gefahren,
    Da die Welt in Cäsars Händen bleibt.

Hol' mir Salben her, o Knab', und bring'
Kränze und ein Fäßchen, das die Weben
Von dem Marſerkriege hat geſehen,
    Wenn je eins dem Spartakus entgieng!

Auch zur Sängerin Neära lauf,
Daß ſie ſchnell die duft'gen Haare flechte!
Wenn dir der verhaßte Pförtner möchte
    Flauſen machen, halte dich nicht auf.

Sanfter ſtimmt mich mein erbleichend Haar,
Lehrt mich Zank und wildem Streit entſagen,
Nimmer hätt' ich ſo etwas ertragen
    Unter Plankus, als ich Jüngling war.

15. Ode. An Chloë.

Weib des armen Ibykus
Mach doch endlich den Beschluß
Deines buhlerischen Lebens
Und des lüsternen Bestrebens.

Spiele, nah an Grabes=Rand,
Nicht mit Mädchen Hand in Hand.
Mische dich als Nebel nimmer
Unter jener Sterne Schimmer.

Was zu Pholoës Gesicht
Stehet, raßt der Chloë nicht.
Besser wird's die Tochter zieren:
Stürmen an der Jugend Thüren
Rasend in Bacchantenwuth.
Diese bürst vor Liebesgluth
Für den Notus, wie die lose
Ziege springt. — Die Purpurrose
Und die Cither und das Faß
Leer bis auf das letzte Glas
Ziemt dir nicht, — Lucrinerwelle
Spinnen ist der Alten Rolle.

16. Ode. An Mäcenas.

Hinter starken Thoren eingeschlossen
    War durch ungestümer Hunde Wacht
Danaë vor nächtlichen Genossen
    Einst in einem Thurm von Erz bewacht.

Doch mit dem besorgten Wächter hatten
    Jupiter und Venus ihren Spott,
Denn sie wußten, daß auf offnen Pfaden
    Eingieng der in Gold verkehrte Gott.

Durch Trabanten weiß das Gold zu dringen,
    Gleich dem Blitz zerspaltet es den Stein.
Schrecklich stürzte durch die goldnen Schlingen
    Einst das Haus des griech'schen Sehers ein.

Macedoniens Fürst nahm feste Städte
   Und zerbrach der Nebenbuhler Thron
Durch Geschenke. An der goldnen Kette
   Führt man einen wilden Schiffspatron.

Sorgen wachsen mit dem Gold, es mehren
   Die Begierden sich, drum graute mir
Stets mit Recht vor allzu hohen Ehren,
   O Mäcenas, du der Ritter Zier!

Dem, der vieles sich versagt, gewähret
   Mehr der Gott. Ich fliehe nackt und bloß
Hin ins Lager, wo man nichts begehret,
   Sag' mich gerne von den Reichen los.

Glücklicher mit kleinerem Vermögen,
   Als wenn, arm beim allergrößten Gut,
Ich Apuliens reichen Ernte=Segen
   Bärge in der Scheunen sichrer Hut.

Klaren Baches Wasser und ein wenig
   Wald, und des Ertrages Sicherheit
Macht mich glücklicher als einen König
   Afrikas in seiner Herrlichkeit.

Wenn mir auch nicht die Calabrer-Biene
   Honig sammelt, noch der Rebensaft
Gährt in Formias Faß, noch eine grüne
   Weide Galliens die Wolle schafft;

Bleibt mir dennoch bittre Armuth ferne,
   Und du gäbst mir, wenn ich's wünschte, mehr,
Doch beschränk' ich meine Wünsche gerne,
   Leichter bring' ich so die Zinse her,

Als wenn ich mit Phrygien verbände
   Mygdons Reich; — Dem, welcher viel begehrt,
Mangelt viel. Heil, wem der Götter Hände
   Sparsam nur das Nöthige beschert!

17. Ode. An Aelius Lamia.

Aelius, der von dem Lamus stammt,
(Denn wie alte Bücher Kunde bringen,
Sollen ihm die Lamier entspringen,
   Enkel und Urenkel allesammt.)

Groß war deines Ahnen Herrschgebiet,
Denn er ließ einst Formiä erbauen
Und besaß Maricas fette Auen,
   Wo der Liris durch die Felder zieht.

Morgen wird ein Sturm, von Ost geschickt,
Leichtes Meergras an dem Ufer thürmen
Und im Wald die Blätter niederstürmen,
   Wenn der alten Krähe Ruf nicht lügt.

Leg', so lang's noch angeht, Holz zur Gluth,
Gieb den Dienern einen Tag der Ruhe,
Bring' ein Ferkelchen und Wein und thue
   Deinem Genius etwas zu gut.

18. Ode. An den Faun.

Faun, der flücht'ge Nymphen liebt,
    Wandle immer mild und gut
Ueber meine grünen Saaten,
Bring' im Scheiden keinen Schaden
    Meiner Herden junger Brut.

Jährlich fällt dir dann ein Bock,
    Dampfen soll der Rauchaltar,
Und die weingefüllte Schale,
Die zu Aphrodites Mahle
    Sich gesellet, bring' ich dar.

Kehren nun im Jahres=Lauf
    Die Decembernonen dir,
Spielt das Vieh auf grüner Weide
Und das Dorf im Feierkleide
    Sammt dem ausgespannten Stier.

Grüne Blätter streut der Wald,
Mitten unter Wölfe tritt
Kühn das Lämmlein, und die Wiesen
Stampft der Winzer mit den Füßen
Dreimal im gemeff'nen Schritt.

19. Ode. An Telephus.

Wie lang es sei von Inachus
Bis Cobrus, der für's Vaterland gefallen,
   Erzählst du, und von Aeacus
Geschlecht und von den heißen Kämpfen allen,
   Die einst getobt um Troja's Stadt.
Allein wie viel der Chiër Wein uns koste,
   Wer mir ein Bad bereitet hat,
Und wo und wann bei dem Peligner=Froste
   Ich mich behaglich wärmen kann,
Darüber schweigst du. — Knabe bring die Becher!
   Der Neumond lebe hoch, und dann
Die Mitternacht, und dann der edle Zecher
   Augur Muräna! Schenket ein
Drei Becher oder neun, wie ihr begehret!
   Dem Dichter zwar gebühren neun,
Da er der Musen neun verehret.
   Die Grazie jedoch verbeut
Mit ihren Schwestern mehr als drei zu trinken,
   Da sie den Zank und Händel scheut.
Auf, laßt uns rasen! Blast die phryg'schen Zinken!

Horaz Oden.   12

Was hängt so stille die Schalmey
Und Leier dort? Auf, auf ihr trägen Hände
   Und bringt die Rosen schnell herbei!
Erschallen soll der Lärmen ohne Ende
   Dem neid'schen Lycus zum Verdruß
Bis zu der Nachbarin, die zu dem Alten
   Nicht tauget. Dich, o Telephus,
Den von dem schwarzen Lockenhaar umwallten,
   Dich, der dem Hesperus an Glanz
Nicht nachsteht, sucht die Chloë liebetrunken.
   Ich aber bin noch immer ganz
In Liebe zu der Glycera versunken.

20. Ode.   An Pyrrhus.

Er soll nicht versuchen den Nearchus seiner Geliebten zu
entziehen.

Wozu denn Pyrrhus dieses tolle Wagen,
　Der Löwin ihre Jungen zu entziehn?
Du wirst in kurzer Zeit mit Angst und Zagen,
　O Räuber, aus dem schweren Kampfe fliehn.

Durch dichte Jünglingsschaaren wird sie dringen
　Nach ihrem strahlenden Nearchus hin,
O großer Streit: ob ihr es wird gelingen,
　Ob dir, die Beute mit sich fortzuziehn!

Indeß du aus dem Köcher holst die Pfeile
　Und sie die fürchterlichen Zähne wetzt,
Hat auf den Palmzweig während dieser Weile
　Als Richter er den nackten Fuß gesetzt.

Er läßt die Lüfte um die Schultern streichen
　Und um sein salbenduftend Lockenhaupt,
Dem Nireus fast und jenem zu vergleichen,
　Der einst vom feuchten Ida ward geraubt.

21. Ode. An seine Flasche.

O fromme Flasche unter Manlius
Mit mir geboren, ob du Scherz, ob Kummer,
Ob süßen Liebeswahnsinn, ob Verdruß
Du mit dir führest oder leichten Schlummer!

Von welcher Art dein Massiker auch sei,
Du bist doch werth am guten Tag zu fließen,
Corvinus rufet dich, drum komm' herbei,
Und laß die milden Säfte sich ergießen!

Er ist zwar von Sokrat'schen Sprüchen voll,
Doch nicht zu ernst, um sich an dir zu laben,
Des alten Cato strenge Tugend soll
Sich oft an edlem Wein erwärmet haben.

Du weckst den stumpfen Sinn mit sanfter Macht,
Du kannst des Weisen ernste Sorge stillen
   Und ein Geheimniß, noch so streng bewacht,
Durch Bacchus Lust verstehst du's zu enthüllen.

Dem Bangen führst die Hoffnung du zurück,
Dem Armen weißt du starken Muth zu schaffen,
   Bist du mit ihm, so scheut er nicht den Blick
Des zorn'gen Königs, noch der Krieger Waffen.

O fließe fort beim hellen Kerzen=Glanz
Bei Venus Lächeln und bei Bacchus Glühen,
   Und bei der Grazien eng=verschlungnem Tanz
Bis vor dem Morgenroth die Sterne fliehen.

22. Ode. An Diana.

Jungfrau, Göttin Dreigestalt,
Hüterin von Berg und Wald,
Welche, durch ein dreifach Flehen
Angerufen in den Wehen,
Jungen Frauen Hilfe schickt,
Und dem Tode sie entrückt!

Diese Fichte weih' ich dir,
Meines Gütchens schönste Zier,
Und ein Schwein, das nach der Seite
Tückisch weist der Zähne Schneide,
Bring ich künftig jedes Jahr
Fröhlich ihr zum Opfer dar.

23. Ode. An Phidyle.

Wenn du o Wirthin Phidyle die Hände
    Zum Himmel hebst beim jungen Mondenschein,
Und heur'ge Früchte und des Weihrauchs Spende
    Den Laren opferst und ein gierig Schwein, —

Dann wird des Südwinds Gluth dir nicht verderben
    Die Reben, noch die Saat der gift'ge Rost,
Die lieben Zicklein werden nimmer sterben,
    Wenn in dem Herbste fließt der süße Most.

Denn Farren, die auf den Latiner-Höhen
    In Eichenwäldern, oder die im Thal
Auf sonnigen Albaner-Wiesen gehen,
    Sind Opfer für des Oberpriesters Stahl.

Dir ziemt es, um die Götter zu versöhnen,
　　Dich nicht mit blut'gen Opfern zu bemüh'n,
Du darfst ja nur die kleinen Laren krönen
　　Mit leichter Myrthe und mit Rosmarin.

Wenn reine Hände den Altar berühren,
　　Versöhnen sie nicht mehr der Götter Zorn
Mit einem Opfermahl von feisten Stieren,
　　Als mit ein wenig Salz und schlichtem Korn.

24. Ode. Sittenverderbniß.

Und wärst du reicher, als die ind'schen Lande
Und als Arabien, das unbekannte,
   Und setztest deine Bauten rings umher
   An dem Tyrrhener= und Apuler=Meer,
So könntest du doch nicht der Furcht entfliehen,
Noch deinen Hals dem Todesstrang entziehen,
   Wenn hoch an deines Hauses Giebelwand
   Den Demant=Nagel schlägt des Schicksals Hand. —
Weit besser lebt der Scyth' im freien Felde,
Der auf dem Karren führt die Wander=Zelte
   Der Gete auch, dem unbegrenzt die Flur
   Freiwillig bringt die Gaben der Natur.
Der Acker wird des Jahrs Einmal gewendet,
Und hat der Eine dies Geschäft vollendet,
   So ruht er aus, ein Anderer tritt ein,
   Um einst sich gleichen Looses zu erfreu'n.
Das Stiefkind schont daselbst, das mutterlose,
Die schlichte Frau, und wenn sie eine große
   Mitgift gebracht, beherrscht sie nicht den Mann,
   Noch hängt sie einem schmucken Buhlen an.

Der beste Brautschatz ist der Ahnen Treue
Und eine strenge Keuschheit, welche Scheue
 Vor Fremden trägt, nach heil'ger Pflicht Gebot,
 Und auf der Uebertretung steht der Tod. —
O wer das freche Morden will verhüten
Und dieser Bürgerkriege ruchlos Wüthen,
 Und wer im eh'rnen Bilde einst genannt
 Will werden Vater von dem Vaterland,
Der muß mit keckem Muth es unternehmen,
Die zügellose Frechheit zu bezähmen.
 Sein Ruhm wird blüh'n in später Enkel Zeit,
 Denn wir, o Schande, hassen, voll von Neid,
Die Tugend der Lebendigen und leben
Nur solche, die schon längst der Welt enthoben. —
 Was hilft das Jammern und der Klageton,
 Wenn nie den bösen trifft der böse Lohn?
Was können eitele Gesetze nützen,
Wenn fromme Sitten sie nicht unterstützen?
 Wenn weder von dem Welttheil, den der Brand
 Der Sonne zuschließt, noch von jenem Land,
Das nah am Nordpol Eis und Schnee bedecken,
Sich läßt zurück des Kaufmanns Habsucht schrecken,
 Und wenn der schlaue Schiffer unverzagt
 Sich auf die sturmbewegten Wellen wagt?

Wenn man aus Scham vor Armuth alles leidet
Und alles thut und von der Tugend scheidet? —
   So bringt denn eilends Gold und Edelstein,
   Die Quelle aller dieser Noth und Pein,
Aufs Capitol, wo euch die Jubelklänge
Des Volks ertönen aus der dichten Menge,
   Ja tragt sie hin zum nächsten Meergestad',
   Wenn ihr im Ernst bereut die Freveltbat!
Der Keim der bösen Lust ist auszumerzen
Und strenge Uebung muß die weichen Herzen
   Erziehn. — Der edle Jüngling sitzt verzagt
   Und ungeschickt zu Roß und flieht die Jagd.
Viel besser kann er griech'sche Reise führen
Und vom Gesetz verbotne Würfel rühren,
   Indeß der Vater seinen Gast betrügt,
   Mit falschem Eid den Handelsfreund belügt,
Und so für seinen ungezognen Erben
Sich müht und sputet Schätze zu erwerben.
   Und freilich wächst auf diese Art das Geld,
   Doch weiß ich nicht, was solchem Reichthum fehlt!

25. Ode. An Bacchus.

Wohin entraffst du mir voll von dem Gotte,
    Bacchus den schwindelnden Sinn?
Führst mich durch Wälder von Grotte zu Grotte
    Eilenden Fußes dahin?

Laß mir in schallenden Höhlen erbeben
    Cäsars unsterblichen Preis,
Laß mich ihn bis zu den Sternen erheben
    Und in der Himmlischen Kreis!

Feierlich soll auf erhabenen Schwingen
    Tönen ein neuer Gesang,
Großes und Herrliches will ich besingen,
    Wie noch kein Anderer sang.

Wie die Bacchantin in Thraciens Gründen
    Bei dem Erwachen erschrickt,
Wenn sie sich über den schneeigen Schlünden
    Unter Barbaren erblickt;

Also erstaun' ich am Ufergestade
    Und in dem einsamen Wald,
Wenn über niemals betretene Pfade
    Irrend mein Fuß dahin wallt.

Du, den als Gott die Najaden verehren
    Und der Bacchantinnen Schwarm,
Welche die Eschen gleich schwankenden Aehren
    Schwingen mit nervigem Arm!

Laß mich nicht Kleines, nicht Niedriges singen,
    Nichts von gewöhnlichem Klang,
Laß mich, o Gott, auf erhabenen Schwingen
    Künden unsterblichen Sang!

Süß ist es in die Gefahr sich begeben,
    Wenn du, o Evius, winkst,
Der du dem Kämpfer mit grünenden Reben
    Lustig die Schläfe umschlingst.

26. Ode. An Venus.

Bei Mädchen war ich sonst nicht ungewandt
Und kämpfte in der Liebe Dienst mit Ruhm,
Nun aber wird die Leier mir so stumm
Und meine Waffen häng ich an die Wand.

Hier hängt sie auf, ihr Knaben stellet hier
Zur Linken von der Meerbeherrscherin
Die hellen Fackeln und die Hebel hin
Die einst bedroht die zugeschloß'ne Thür!

O Göttin, die du hast an Cyperns Flur
Und an dem milden Memphis deine Lust,
Berühre mir der stolzen Chloë Brust
Mit der geschwungnen Geißel Einmal nur!

27. Ode. An Galatea.

Den Frevler soll des Spechts Geschrei begleiten,
    Das Unheil bringt, ein Wolf mit grauem Fell,
Herbei gerannt von Lanuvinums Weiden,
    Ein trächt'ger Fuchs und heisres Hundgebell.

Die Schlange unterbreche seine Reise
    Und stürze sich auf seine Rosse los
Gleich einem Pfeil. — Allein ich sorge weise
    Als Vogelschauer für der Freunde Loos.

Noch eh' der Vogel, der gedroht den Regen,
    Zurückgekehrt ist zu den sumpf'gen See'n,
Werd' ich von Sonnen=Aufgang her erregen
    Des Raben Stimme durch mein frommes Fleh'n.

Sei glücklich Galatee, wohin auch immer
   Dein Wunsch dich führet, und gedenke mein!
Und zu der linken Seite soll dir nimmer
   Ein Kiebitz oder eine Krähe schrei'n.

Doch sieh, wie drohend sich Orion neiget
   Zum Untergang! Ich hab es selbst erprobt,
Wie hoch die adriat'sche Welle steiget,
   Und wie der helle Japyx tückisch tobt.

Des Feindes Weib und Kind nur soll erleben
   Des aufgeregten Südwinds blinde Wuth
Und vor dem schwarzen Wogensturm erbeben,
   Wenn an das Ufer schlägt die Meeresfluth. —

So hat Europa einst dem schlauen Stiere
   Die Marmorhüfte arglos anvertraut,
Doch sie erschrack, als sie die Wunderthiere
   Und lauter Trug um sich im Meer geschaut.

Sie, die noch jüngst nach Blumen ausgegangen,
   Zu winden für die Nymphen einen Kranz,
Sie sah sich jetzt im Zwielicht nur umfangen
   Vom weiten Meer und von der Sterne Glanz.

„Ach! rief sie aus, da sie zum Creter=Lande
　　Gekommen war, das hundert Städte trägt,
„Dein Name, Vater, ist mit ew'ger Schande
　　Durch meine Pflichtvergessenheit befleckt.

„Woher? Wohin? Soll wachend ich beweinen
　　Die arge Schandthat, oder bin ich rein,
„Und sehe nur ein Traumbild mir erscheinen,
　　Das kommt aus jenem Thor von Elfenbein?

„Ein Tod ist viel zu leicht, um abzubüßen
　　Der Jungfrau Schuld.　Wär's besser nicht gethan,
„Bethaute Blumen suchen auf den Wiesen,
　　Als schweifen auf der weiten Meeresbahn?

„O den geliebten Stier, der so mich täuschte,
　　Wenn Einer jetzt ihn brächte meinem Zorn,
„Damit ich ihn mit meinem Dolch zerfleischte,
　　Und bräche dem verruchten Thier das Horn!

„Von Hause bin ich schamlos weggegangen
　　Und schamlos scheu' ich jetzt den Todesstoß.
„O daß ein Gott erhörte mein Verlangen
　　Und stellte mich den wilden Löwen bloß!

Horaz Oden.　　　　　　　　　　　　13

„Die Tiger sollen sich noch an mir weiden,
 So lang ich blühe in der Jugendkraft,
„Noch eh' die Säfte aus dem Leibe scheiden,
 Und meine Wang' in Magerkeit erschlafft.

„Verworfenes Kind! hör' ich den Vater drängen,
 Was säumst du zu erfüllen dein Geschick?
„Um dich an jener Esche aufzuhängen
 Ist ja dein Gürtel dir gefolgt zum Glück.

„Doch stirbst du lieber dort am Felsenkamme,
 So traue dich dem schnellen Sturmwind an,
„Wenn du den Leib aus königlichem Stamme
 Nicht eher hingiebst dem barbar'schen Mann.

„Dann wird dein Tagewerk dir zugewogen
 Von deiner Herrin." — Aber plötzlich stand
Zur Seite mit dem abgespannten Bogen
 Der Knabe lächelnd an der Mutter Hand.

Des Scherzes müde hub sie an zu sprechen:
 „Laß deinen Eifer und den heft'gen Zorn,
„Denn sieh', es übergiebt dir zum Zerbrechen
 Freiwillig der verhaßte Stier sein Horn.

„So wiſſe denn, daß Zeus dich will erwählen
  Zu ſeiner Gattin, lerne mit Verſtand
„Dein großes Glück ertragen, laß das Quälen,
  Ein ganzer Welttheil wird nach dir genannt!

28. Ode. An Lyde.

Wie feiern wir den heil'gen Tag
 Neptunus wohl am schicklichsten?
O Lyde, hol' mir eilend her
Den abgeleg'nen Cäcuber
 Und laß die ernste Weisheit gehn!

Du siehst, wie sich der Mittag neigt,
 Und, wie wenn stille ständ' der Fluß
Des Tages, säumst du immerhin
Herabzuholen vom Kamin
 Den Krug von Consul Bibulus.

Ich singe den Neptunus dann
 Und der Najaden grünes Haar,
Du mit der krummen Leier Klang
Verkündest d'rauf im Wechselsang
 Latona mit dem Zwillingspaar.

Das letzte unsrer Lieder sei
   Hierauf der Gnidia gebracht
Die mit den Schwanen Cyperns Bucht
Und der Cycladen Heer besucht,
   Und endlich sei der Nacht gedacht.

29. Ode. An Mäcenas.

Mäcen, Tyrrhen'schem Fürstenblut entsprossen,
Schon lange harrt in meinem Rosenhain
Ein Fäßchen milden Weines fest verschlossen
Und duftiger Balanus-Balsam dein.

Verweile doch nicht länger und beschaue
Nicht immer Aesulas Gebirgeszug,
Das wasserreiche Tibur und die Aue
Des Telegon, der seinen Vater schlug.

Verlaß nur die Paläste, die zum Himmel
Ansteigen und den eckeln Ueberfluß,
Bewundre nicht des sel'gen Roms Getümmel
Und seine Herrlichkeit und seinen Ruß.

Veränderung ergötzet oft den Reichen,
Und in des Armen Haus bei schlichtem Mahl
Muß oft die Falte von der Stirne weichen,
Wenn auch kein Purpur=Teppich ziert den Saal.

Schon drohet Cepheus mit des Sommers Plage,
　　Das Hundsgestirn erscheint mit seiner Gluth,
Die Sonne führt zurück die heißen Tage
　　Und grimmig zeigt sich schon des Löwen Wuth.

Mit matter Herde sucht der Hirte Schatten
　　Am Bache und an einem grünen Strauch
Des rauhen Waldgotts, und die stillen Matten
　　Verlangen nach der Winde frischem Hauch.

Du sinnest über uns'rer Bürger Lage
　　Und sorgest für das Wohlergehn der Stadt
Was man in Bactra wohl im Sinne trage
　　Und an des streit'gen Tanais Gestad.

Die Zukunft hat ein weiser Gott verborgen,
　　Er deckt sie zu mit finstrer Nacht und lacht,
Wenn sich der Sterbliche verstrickt in Sorgen. —
　　Nur auf die Gegenwart sei klug bedacht!

Das Andre fließt nach eines Stromes Weise,
　　Der bald in seinem engen Bett einher
Die Wellen treibt in ewig gleichem Kreise
　　Und still dahingeht in's Etrusker=Meer.

Bald aber, wenn ihn mächt'ge Fluthen schwellen,
  Entführt er Holz und Stein und Vieh und Haus
Mit sich dahin, und Berg und Wälder gellen
  Von seiner Wogen stürmischem Gebraus.

Nur der lebt froh in selbstbewußter Wonne,
  Der zu sich sagen kann: Ich hab' gelebt,
Ob Zeus mir morgen scheinen läßt die Sonne,
  Ob er den Pol mit finst'rer Nacht umwebt.

Vereiteln kann er nicht vergang'ne Sachen,
  Noch umgestalten, was dahinten liegt,
Und nimmer kann er ungeschehen machen,
  Was einmal hat der Strom der Zeit entrückt.

Fortuna übt ihr Amt mit Schadenfreude
  Und spielt ihr Spiel mit troß'gem Uebermuth,
Sie täuscht mit ungewisser Ehre, — heute
  Ist mir sie, morgen einem Andern gut.

Ich lob' sie, wenn sie bleibt, doch wenn sie schnelle
  Die Flügel regt, so entsag' ich ihr,
Ich hüll' in meine Tugend mich und wähle
  Die biedre Armuth ohne Mitgift mir.

Wenn von dem Afrikus die Maste knarren,
  So fleh' und seufze ich doch nicht so sehr,
Daß nicht die cyprischen und Tyrer=Waaren
  Die Schätze mehren in dem gier'gen Meer.

Der Zwilling Pollux wird mich schon bewahren
  Vor des Aegäer Meeres grauser Wuth,
Mit günst'gem Winde werd' ich sicher fahren
  Auf einem kleinen Nachen durch die Fluth.

30. Ode. An Melpomene.

Ein Denkmal baut' ich, dauernder als Stahl,
    Und höher als die stolzen Pyramiden,
    Wenn auch die Stürme und der Regen wüthen,
Und d'rüber hingehn Jahre ohne Zahl, —
Es steht! Ich sterb' nicht ganz, es bleibt einmal
    Ein Theil von mir, wenn ich dahin geschieden,
    Mir wird, so lang auf's Capitol geschritten
Der Priester mit der Jungfrau kommt, der Hall
    Des Nachruhms wachsen: daß im Daunerland
    Am Aufidus ich mich von nied'rem Stand
Emporschwang und zuerst mit heim'schem Klang
Den Italern aeol'sche Lieder sang.
    O Muse, dir gebührt des Ruhmes Glanz,
    Mir winde nur in's Haar den Lorbeerkranz.

Viertes Buch.

1. Ode. An Venus.

Venus, ach, nach langer Pause
　　Weckst du mir die alte Noth!
Schone mein, ich bin im Lieben
Nicht derselbige geblieben,
　　Dem einst Cinara gebot.

Mutter süßer Liebesschmerzen,
　　Grausame, so ende doch,
Beuge doch nicht mehr den Zähen,
Der zehn Lustren schon gesehen,
　　In dein unbarmherzig Joch!

Wenn du willst ein Herz entflammen,
　　Deiner Herrschaft zugethan,
So begieb' dich zu den Orten,
Wo mit süßen Schmeichel-Worten
　　Jünglinge dich rufen an.

Viel erwünschter ist dein Kommen,
    Wenn du mit behendem Fuß
Von dem Schwanenzug getragen
Eilest in dem Purpurwagen
    Zu dem Paulus Maximus.

Edlen Blutes, und geschmeidig
    In die Künste eingeweiht,
Kühn im Kampfe der Parteien
Die Clienten zu befreien,
    Trägt er deine Fahne weit.

Spricht er dann des Nebenbuhlers
    Reichlichen Geschenken Hohn,
So wird er an Albas Seeen
Dir ein Marmorbild erhöhen
    Ueber einem Cedernthron.

Weihrauch steigt in reicher Fülle
    Duftend dann zu dir empor,
Zu der berezynth'schen Leier
Mischen sich in heitrer Feier
    Flöten und ein Sängerchor.

Zweimal täglich bringen Knaben
  Mit den Mädchen ihren Gruß,
Und nach falscher Priester Sitte
Heben in gemeff'nem Schritte
  Sie den blendend weißen Fuß.

Weder Knab' noch Mädchen reizt mich,
  Noch der Hoffnung leichter Muth,
Die auf Gegenliebe trauet,
Noch die Rose frisch bethauet,
  Noch das süße Rebenblut.

Doch woher, o Ligurinus,
  Dieser stillen Thränen Guß,
Die sich in die Augen drängen,
Warum bleibt die Zunge hängen
  Mitten in der Rede Fluß?

Bald umfaß' ich dich im Traume,
  Bald verfolg' ich dich im Fliehn,
Wenn du flücht'ge Wellen theilest,
Oder unerbittlich eilest
  Ueber's grüne Marsfeld hin.

2. Ode. An Antonius Julus.

Wer es versucht, dem Pindar nachzusingen,
   Anton! der hebet sich mit tollem Muth
Auf Dädalus mit Wachs verbundnen Schwingen
   Und giebt den Namen der krystall'nen Fluth.

Wie von den Regengüssen angeschwollen
   Aus den gewohnten Ufern tritt der Fluß,
So stürzt hervor mit allgewalt'gem Rollen
   Aus ungemeßner Tiefe Pindarus.

Und ihm gebührt die Del'sche Lorbeerkrone,
   Ob neu in Dithyramben er ein Wort
Gestalten mag, ob er in freiem Tone
   Und ohne Maß die Rede rollet fort.

Ob er, die Götter und vom Götter-Stamme
  Heroen preiset, die mit frommem Muth
Vertilgten der Chimära grause Flamme
  Und die entsetzliche Centauren-Brut.

Ob er die Sieger, die von Elis kehren,
  Mit ihren Palmen selig, Roß und Mann
Erhebt zu tausendmal willkommnern Ehren,
  Als je ein Denkmal ihnen geben kann.

Ob er den hingeschiednen Jüngling klage
  Für seine Braut und ihn zum Sternenzelt
Mit seinem Muth und edlen Sitten trage
  Und reiße aus der schwarzen Unterwelt.

Der Schwan von Theben schwingt mit vollen Lüsten
  O Julus sich ins hohe Wolkenreich.
Ich aber bin auf den Matiner-Triften
  Nach Art und Weise einer Biene gleich.

Ich sammle emsig fliegend hin und wieder
  Vom Thymian am Ufer Honig ein,
Und mühevoll ersinn' ich kleine Lieder
  In meines Tiburs wasserreichem Hain.

Horaz Oden.   14

Du selber singst in einem höhern Tone
    Den Cäsar, wenn er die Sygambrer=Schaar
Zum heil'gen Berge führet und die Krone
    Des Lorbeers würdig ihm umschlingt das Haar.

Er ist das höchste Gut, das dieser Erden
    Das Schicksal und die Götter je beschert,
Und das sie jemals ihr bescheren werden,
    Wenn auch zurück das goldne Alter kehrt.

Du singst uns jene hohen Jubeltage,
    Der öffentlichen Spiele hohe Lust.
Wie auf dem Forum schweiget Streit und Klage,
    Wenn uns zurückgekehrt der Held August.

Dann soll auch meine Stimme laut ertönen,
    Wenn sie etwas vermag des Hörens werth:
„O dieses Freudentages, dieses schönen,
    An welchem Cäsar glücklich heimgekehrt!"

Triumph! wird laut die ganze Stadt verkünden,
    Triumph! So ruf auch ich, wenn auf der Bahn
Des Ruhmes er einhertritt, und wir zünden
    Den guten Göttern süßen Weihrauch an.

Dich werden des Gelübds zehn Stier' entbinden
Und so viel Kühe, mich ein Kalb noch zart,
Kaum von der Mutter weg, auf fetten Gründen
Zu meinem Opfer längst schon aufgespart.

Des Monds gekrümmten Hörnern zu vergleichen
Ist seine Stirne, wenn zum drittenmal
Er wiederkehrt, und schneeweiß ist dies Zeichen,
Der ganze Körper sonst ist golden-fahl.

3. Ode. An Melpomene.

Wen du Melpomene haſt angelächelt
  Bei der Geburt mit einem gnäd'gem Blick,
Der kehrt, von ſüßem Siegeshauch umfächelt,
  Vom Fauſtkampf auf dem Iſthmus nicht zurück.

Kein ſchnelles Roß führt auf achä'ſchem Wagen
  Ihn ſiegreich heim, kein hoher Kriegsruhm ſchmückt
Mit Lorbeer ihn, zum Capitol getragen,
  Weil ſtolzer Fürſten Dräun er unterdrückt.

Die Bäche aber, welche Tiburs Wieſen
  Benetzen und das dichte Laub im Hain,
Sie werden, im aeol'ſchen Lied geprieſen,
  Für ihn die Quellen hohen Ruhmes ſein.

In ihrer Sänger ehrenvolle Chöre
  Hat mich die Städtefürstin Rom gesetzt,
Und schon wird weniger des Dichters Ehre
  Vom schwarzen Zahn des gift'gen Neids verletzt.

O Muse, die die Leier stimmt und süßen
  Gesang der Schwanen, wenn es ihr beliebt,
Der Fische stummem Rachen läßt entfließen,
  Nur deiner Gnade dank' ich's, welche giebt:

Daß im Vorbeigehn auf mich deuten Alle,
  Als Meister in der röm'schen Leier-Kunst,
Ja daß ich lebe und daß ich gefalle,
  Wenn ich gefalle, es ist deine Gunst.

4. Ode. Lob des Drusus.

Gleich wie den Blitzesträger Adler, (der
Von Zeus die Herrschaft übers ganze Heer
Der Vögel einst bekam für seine Treue
Beim Raub des blonden Ganymeds,) ins Freie
    Aus seinem Neste trieb der Jugend Lust
    Und angestammter Muth, noch unbewußt
Der Arbeit. Und wenn dann vorübergiengen
Die Stürme, übt die ungewohnten Schwingen
    Der Neuling in der milden Frühlingsluft,
    Noch schüchtern; aber unaufhaltsam ruft
Die Lust des Fraßes und des Kampfs Begierde
Den Feind hinunter in der Schafe Hürde
    Und auf der Drachen ungestüme Art. —
    Und wie ein lustig grasend Reh gewahrt
Den kaum der Mutterbrust entwöhnten Leuen,
Daß junge Zähne ihm Verderben dräuen —
    So war vor Drusus Schwert am Alpenhang
    Vindelikern und Rhätern angst und bang. —

Woher die Amazonen=Beile rühren,
Die sie seit alter Zeit im Kriege führen,
   Das zu ergründen war ich nicht erpicht,
   Denn Alles wissen frommt den Menschen nicht. —
Doch haben jene kampfgewohnten Schaaren
Durch diesen Sieg des Jünglinges erfahren:
   Wie viel vermag die angestammte Kraft
   Erzogen unter weiser Vormundschaft
Und was des Cäsars Vatersinn erzeuget,
Der sich zu der Neronen Kindern neiget.
   Von wackern Helden stammen Helden nur,
   Am Pferd und Stier erscheint des Vaters Spur,
Von Adlern können keine Tauben kommen.
Doch wird dem guten Keim die Lehre frommen,
   An guter Zucht erstärket sich die Kraft;
   Doch wo die Sitten selber sind erschlafft,
Da werden sie den guten Keim nicht schonen. —
O Rom, wie viel verdankst du den Neronen!
   Das lehrt der Strom Metaurus und der Tod
   Des Hasdrubal und jenes Morgenroth,
Das uns den Sieg gebracht nach finstern Zeiten,
Wo wir den grimmen Pöner sahen schreiten,
   Wie Feu'r im Kiehn, durch unsre Städt' einher
   Und wie den Ostwind im sicil'schen Meer.

Von da an wuchs zu immer neuen Siegen
Die Jugend Roms heran, die Tempel stiegen
    Empor aus ihrer Asche, wiederum
    Erstand der Gott in seinem Heiligthum,
Und Hannibal der falsche mußte sagen:
„Wir Hirsche, grimmer Wölfe Beute, jagen
    Noch jene, denen glücklich zu entfliehn
    Uns bald erscheinen wird als Hochgewinn. —
„Ein Volk, das rasch entfloh aus Trojas Gluthen,
„Und lange schaukelnd auf den Tusker=Fluthen
    Bejahrter Väter und der Kinder Zug
    Und Götter nach Ausoniens Städten trug!
„Und wie im schwarzen Algidus die Eichen
„Getroffen auch von scharfer Aexte Streichen,
    So zieht es aus dem harten Eisen=Schaft
    Sogar aus Niederlagen neue Kraft.
„Nicht also wuchs ermüdend immer wieder
„Dem Herkules die schon zerstückte Hyder,
    Kein größer Ungethüm ließ Kolchis los
    Noch auch des echion'schen Thebens Schooß.
„Versenk's ins Meer und schöner kommt es wieder,
„Bekämpf es, und es wirft den Sieger nieder
    Und führet ruhmvoll gegen dich das Schwert,
    Der Schlachtgesänge schöner Weiber werth.

„Kein Bote bringt jetzt stolze Siegeskunden
„Zur Heimath mehr: verschwunden, ach verschwunden
   Ist alle Hoffnung und des Ruhmes Schall,
   Seitdem dahingesungen Hasdrubal.
„Die Claudier werden Alles jetzt vollbringen,
„Denn Zeus begünstigt selber das Gelingen,
   Und durch des Krieges scharfe Klippen hin
   Entführen sie das Schiff mit wachem Sinn.“

5. Ode. An August.

O Göttersprößling, Romas treuster Hüter,
Zu lange weilest in der Ferne du,
Und sagtest doch ein baldig Kommen zu
Der Väter heil'gem Rath, — ach kehre wieder!

Vergönne guter Fürst des Lichtes Wonne
Dem Land, denn wenn dem Frühling gleich dein Blick
Uns strahlt, so geht in ungestörtem Glück
Der Tag dahin und milder scheint die Sonne.

Gleich wie die Mutter nach dem Sohn sich kehret,
Den über Jahresfrist des Südwinds Wuth
Zurückhält hinter der carthag'schen Fluth,
Und ihm die Rückkehr in die Heimath wehret;

Wie sie ihn mit Gelübden und mit Thränen
   Zurückweist und von dem gekrümmten Strand
   Kein Auge kehrt, so ruft das Vaterland
Den Cäsar heim mit liebevollem Sehnen.

Denn sicher geht der Stier jetzt auf den Auen,
   Die Ceres füllt das Feld mit ihrem Gut,
   Der Schiffer fliegt im Frieden durch die Fluth
Und Redlichkeit läßt keinen Flecken schauen.

Des Hauses Ehre wird nicht mehr geschändet,
   Gesetz und Sitte hat das Land erfüllt,
   Die Mütter ehrt der Väter Ebenbild
Und gegen Frevler ist das Schwert gewendet.

Wer ist's, der vor den frost'gen Scythen bebet,
   Vor Parthern und der wilden Kriegeswuth
   Iberias und vor der rauhen Brut
Germaniens, so lange Cäsar lebet?

Auf seinem Gut verlebt nun seine Tage
   Ein jeder, pflanzt zum Wittwerbaume hin
   Die Rebe, kehrt zum Wein mit frohem Sinn,
Und wählet dich zum Gott bei dem Gelage.

Die Spende aus dem vollen Kelch bescheret
  Er flehend dir und fügt mit frommer Hand
  Dich seinen Laren bei, wie Griechenland
Den Herkules und großen Castor ehret.

„Verleih dem Land noch lange solche Wonne!"
  So rufen nüchtern wir am frühen Tag,
  So rufen trunken wir bei dem Gelag,
Wenn schon in's Meer versunken ist die Sonne.

6. Ode. An Apollo.

O Gott, der einst der stolzen Zunge wegen
　　Die Niobe gestraft, den Tityus
　　Den Räuber und Achill, dem Pergamus,
Das hohe beinah' wäre unterlegen.

Wenn alle Krieger auch vor ihm gezittert,
　　War er für dich zu klein, obwohl als Sohn
　　Der Meeresgöttin Thetis er den Thron
Des Priamus mit seinem Speer erschüttert.

Gleichwie vom Mordstahl angenagt die Eiche
　　Und die Cypresse von des Sturmes Hand
　　Entwurzelt, also stürzt' im Trojer=Land
Er hin und maß den Staub mit seiner Leiche.

Er hätte nicht, versteckt in jenem Rosse,
   Das der Minerva Weihe sich erlog
   Und Troja am unsel'gen Fest betrog,
Den frohen Tanz gestört in Priam's Schlosse.

Er hätt', o Schande, in des Feuers Gluthen
   Im off'nen Feld Gefangene verbrannt
   Und Kinder, mit der Welt noch unbekannt,
Und solche, die im Schooß der Mutter ruhten.

Allein auf deine und der Venus Bitten
   Hat unter einem bessern Vogelflug
   Aeneas Enkeln neuer Mauern Zug
Der Vater aller Himmlischen beschieden.

Der du Thalien lehrst der Leier Töne
   Und in dem Xanthus netzst der Locken Gold,
   O ungeschor'ner Phöbus, sei mir hold
Und schütze die apulische Kamöne!

Dem Phöbus dank' ich meinen Dichter=Namen,
   Dem Phöbus meinen Geist und meine Kunst,
   Ihr Söhn' und Töchter, die des Schicksals Gunst
Entsprießen ließ aus edlem Römer=Samen!

Ihr Schützlinge der Göttin, die zum Ziele
   Der Pfeile Lüchse sich und Hirsche setzt,
   Beachtet mir die lesb'schen Füße jetzt
Und folgt dem Takt von meinem Saitenspiele!

Denn würdig sollt ihr den Apollo preisen
   Und jene, die die Fackel in der Nacht
   Entzündet und die Früchte reifen macht
Und Monate entrollt in raschen Kreisen.

Du wirst als Frau dich also glücklich preisen:
   „Ich hab' am hundertjähr'gen Feste mit
   „Gesungen ein den Göttern werthes Lied,
„Einstimmend in des Sängers Flaccus Weisen!"

7. Ode. An Torquatus.

Der Schnee verläßt schon unsre Felder
    Und frisches Grün bedeckt das Land,
Mit Blättern schmücken sich die Wälder,
    Die Erde wechselt ihr Gewand,
Die Ströme sind zurückgetreten
Und wandeln in gewohnten Betten.

Die nackte Grazie führt den Reigen
    Mit Nymphen und dem Schwesternpaar
Die Horen, die zum Ende neigen
    In flücht'gem Tanze Tag und Jahr,
Sie wollen dir die Lehre geben:
„Erwart' nichts Ewiges im Leben!"

Die Kälte flieht vor Zephyrs Wehen,
　　Den Frühling zehrt der Sommer auf,
Und auch der Sommer muß vergehen,
　　Sobald der Herbst in schnellem Lauf
Die Früchte reift, dann kommt geschritten
Der Winter mit bedächt'gen Tritten.

Die schnellen Monde zwar ersetzen
　　Uns immer wieder ihren Raub
Nach ewig waltenden Gesetzen;
　　Doch wir sind Schatten nur und Staub,
Sobald wir nach den Ufern eilen,
Wo Tullus und Aeneas weilen.

Wer weiß es, ob ihm zu dem Heute
　　Die Götter noch das Morgen leih'n?
Nur das allein wird keine Beute
　　Für deinen gier'gen Erben sein,
Was du mit Frohsinn und Behagen
Genossen in des Lebens Tagen.

Bist du einmal dahingegangen
　　Und hast von Minos im Gericht
Den feierlichen Spruch empfangen,
　　Dann retten dich die Ahnen nicht,

Horaz Oden.　　　　　　　　　15

Torquatus, noch die Redekünste,
Noch deiner Frömmigkeit Verdienste.

Den unterird'schen Finsternissen
　　Hat ihren keuschen Hippolyt
Diana selber nicht entrissen;
　　Umsonst hat Theseus sich gemüht
Von Lethes diamant'nen Ketten
Pirithous den Freund zu retten.

8. Ode. An Censorin.

Ich würde gern den Freunden Schalen schenken
Und Erz und Töpfe, einst ein Angedenken
   Für tapfre Griechen und, o Censorin,
   Du würdest das geringste Loos nicht ziehn,
Wenn ich die Werke hätte, denen Leben
Einst Scopas und Parrhasius gegeben,
   (In Stein hat jener, der in Farbenpracht
   Der Menschen und der Götter Bild gemacht.)
Doch das vermag ich nicht, und dir erfreuten
Auch nicht das Herz dergleichen Kostbarkeiten,
   Und auch dein Haus bedarf dergleichen nicht.
   Allein ich weiß, du liebest ein Gedicht,
Und dieses ist's, was wir gewähren können,
Und dir zugleich den Werth der Gabe nennen.
   Denn, nicht der Marmor, welcher aus der Gruft
   Den Feldherrn wieder in das Leben ruft,
Noch Siege, die den Pöner überwanden,
Noch Flammen, die Carthago's Stadt verbrannten,
   Erheben jenen höher, der zum Lohn
   Von dem besiegten Afrika davon

Den Namen trug, als meiner Muse Schwingen.
Und keinen Lohn wird dir die Tugend bringen,
    Wenn die Geschichte schweigt. — Was wäre heut
    Der Ilia Sohn, wenn die Vergessenheit
Mit Neid bedeckte seine großen Thaten?
Den Aeacus entriß dem Reich der Schatten
    Und brachte nach den sel'gen Inseln hin
    Gewalt'ger Sänger günstiges Bemüh'n.
Den Edlen läßt die Muse nicht vergehen
Im Tod, sie hebt ihn zu des Himmels Höhen.
    So sitzet bei dem sel'gen Göttermahl
    Der tapfere Alcide, und der Strahl
Der Tyndariden rettet lecke Schiffe
Aus des bewegten Meeres tiefster Tiefe,
    Und Bacchus neigt, mit grünem Wein umlaubt,
    Um Hilfe Flehenden sein gnädig Haupt.

9. Ode. An Lollius.

O glaube nicht, es werde je verhallen,
    Was ich, geboren an dem Aufidus,
Der weithin rauscht, zur Laute ließ erschallen,
    In nie gehörter Melodieen Fluß.

Nicht Pindar, noch der Cöer liegt darnieder,
    Wenn gleich Homer gebührt der erste Rang,
Es leben noch Alcäus scharfe Lieder,
    Und was Stesichorus so würdig sang.

Die Zeit hat nichts zerstöret von den Scherzen
    Anakreons, noch athmet jener Drang
Der Sehnsucht, und die beißen Liebesschmerzen
    Die Sappho zur aeol'schen Leier sang.

Es ward nicht Helena allein verführet
    Durch ihres Buhlen schmuckes Lockenhaar,
Durch bunte Kleider, reich mit Gold verzieret,
    Durch königliche Pracht und Dienerschaar.

Nicht Teucer hat den ersten Pfeil geschossen
    Von dem Cydoner-Bogen, noch das Schwert
Von Sthenelus allein und von dem großen
    Idomeneus ist des Gesanges werth.

Nicht Einmal nur ward Ilion umschlossen,
    Noch bot für Kinder und das zücht'ge Weib
Mit kühnem Muth den feindlichen Geschossen
    Nur Hektor und Deïphobus den Leib.

Es lebten Helden auch vor den Atriden,
    Doch liegen alle in der ew'gen Nacht,
Sind unbekannt und unbeweint verschieden,
    Da kein geweihter Sänger sie bedacht.

Der unbesungne Held ist gleich dem Feigen
    Im Grab. O Lollius, ich werde nie
In meinem Buch von deinen Thaten schweigen,
    So kühn vollbracht mit unverdroßner Müh.

Vergessenheit soll nimmer dich benagen,
    Es wohnt ein lebenskluger Geist in dir
Und in den guten wie in bösen Tagen
    Bewährst du hohen Gleichmuth für und für.

Du bist ein Rächer jeden Trugs und schlauer
  Gewinnsucht, und verschmähst das schnöde Gold,
Ein wahrer Consul, nicht auf Jahresdauer,
  Bist im Gericht du stets dem Rechte hold.

Du suchst nicht eignen Nutzen und der Schlechten
  Geschenke weisest du mit Stolz zurück,
Du führest in den schwierigsten Gefechten
  Die Waffen immer mit dem gleichen Glück.

Nicht den, der großes Gut besitzet, preise
  Für selig, besser wird dein Urtheil sein,
Wenn du den glücklich nennst, welcher weise
  Genießet, was die Götter ihm verleih'n,

Und der zu tragen weiß der Armuth Wehen,
  Mehr als das Sterben scheuet Sünd' und Schand
Und nicht sich fürchtet in den Tod zu geben
  Für Freunde und das theure Vaterland.

10. Ode. An Ligurin.

O Grausamer, noch an den Schätzen
  Der Venus reich, es kommt die Zeit,
Wo deinem Stolze zum Entsetzen
  Der Flaum die Wangen dir entweiht.

Wo dieses Locken=Haar erbleichet,
  Das jetzt um deine Schultern fliegt,
Und vom Gesicht die Blüthe weichet,
  Die jetzt der Rosen Schmelz besiegt.

Wo Runzeln auf der Stirn entstehen,
  Und dir ein ander Bild heraus
Vom Spiegel wird entgegensehen, —
  Dann rufst du wohl mit Schrecken aus:

„Warum entgieng mir doch als Knabe
  Noch stets der rechte Lebens=Sinn,
„Und jetzt, da ich den Willen habe,
  Warum ist meine Jugend hin?"

11. Ode. An Phyllis.

Ich hab' ein Faß Albaner hier
   Noch älter als der Jahre neun;
Und frische Blumen in dem Garten
Zum Winden eines Kranzes warten
   O vielgeliebte Phyllis dein.

Auch Ephen giebt es reichlich hier
   Zum Schmuck des Haars, es lacht der Saal
Von Silber, die Altäre glänzen
Umschlungen von den Weihekränzen
   Und harren auf das Opfermahl.

Geschäftig ist das Haus, es rennt
   Der Knaben und der Mädchen Chor.
In Kreisen ziehn sich um die Flammen
Die Wolken schwarzen Rauchs zusammen
   Und steigen wirbelnd dann empor.

Doch wiſſe, welch ein Feſt dich ruft,
  Die Idus des April iſt heut,
Des Monats, welcher der Cythere
Der Allbeherrſcherin der Meere
  Zum Eigenthume iſt geweiht.

Mehr als die eigene Geburt
  Muß dieſer Tag mir heilig ſein,
Denn ihm iſt mein Mäcen entſproſſen,
Von hier aus haben ſich erſchloſſen
  Für ihn der Lebensjahre Reih'n.

Der Telephus, den du begehrſt
  Iſt viel zu hoch für deinen Stand,
Ihn·hält mit brünſtigem Verlangen
Ein reiches Mädchen jetzt gefangen
  An einem zartgeflochtnen Band.

Von eitlem Streben ſchreckt zurück
  Der blitzerſchlagne Phaëton.
Deßgleichen hat uns auch gelehret
Er, der den Pegaſus beſchweret,
  Bellerophon der Erdenſohn.

Drum suche nur, was dir gebührt,
   Ungleiches meide, und begehr'
Zu Hohes nicht mit frevlem Triebe!
O komm, du meine letzte Liebe,
   Denn dieser folget keine mehr.

Erlerne neue Melodieen
   Für deiner süßen Stimme Klang,
Damit die Sorgen wir verscheuchen,
Denn ihre finstern Wolken weichen
   Vor deinem lieblichen Gesang.

12. Ode. An Virgil.

Mit Frühlingslüften schwellen schon die Winde
    Die Segel und besänftigen das Meer,
Vom Schnee befreiet sind der Wiesen Gründe,
    Die Ströme starren nicht vom Eise mehr.

Um Itys klagend bauet ihre Wohnung
    Die Schwalbe, dem cekropischen Geschlecht
Zur ew'gen Schmach gesetzt, weil ohne Schonung
    Sie an der Brunst des Königs sich gerächt.

Der Schafe Hirten singen auf den Matten
    Im Gras ein Lied zum Tone der Schalmei'n
Dem Gott zu Liebe, den der Berge Schatten
    Und Herden in Arkadien erfreu'n.

Die Zeiten machen Durst; du zum Genoſſen
    Von Fürſtenblut verwöhnt, begehrſt du Wein,
Der den Calener-Bergen iſt entſproſſen,
    So handle ihn um Narden-Salbe ein.

Ein kleines Fläſchchen wird das Faß erzielen,
    Das jetzt noch in Sulpicius Keller ruht,
Genug, um alte Sorgen wegzuſpülen
    Und einzuflößen einen neuen Muth.

Gefällt dir dies, ſo komm geſchwind zum Mahle
    Mit deiner Waare, denn ich kann dich nicht
Umſonſt bewirthen mit dem Feſt-Pokale
    Gleich wie ein Reicher, welchem nichts gebricht.

So eil' und laß' es, nach Gewinn zu ſtreben,
    Denk' an des Scheiterhaufens düſtern Schein,
Vermiſch' die Thorheit mit dem ernſten Leben;
    Süß iſt's, am rechten Platz ein Thor zu ſein.

13. Ode. An Lyce.

Den Göttern sei's gedankt, die mich erhörten!
  O Lyce, du bist nun ein altes Weib,
Und möchtest dich noch jugendlich geberden,
  Du zechst und äugelst noch zum Zeitvertreib.

Mit heisrem Singen willst du Amorn fangen,
  Der lange schon verzieht mit trägem Sinn,
Allein er setzt sich auf die Rosen=Wangen
  Der melodieen=kund'gen Chierin.

Er fliegt vorbei an ausgedorrten Eichen,
  Er fliehet dich, weil sich in Falten legt
Dein Angesicht, weil deine Haare bleichen
  Und Fäulniß deine Zähne schon befleckt.

Kein Edelstein und keine Purpurtücher
    Erringen wieder die Vergangenheit,
Die Einmal in die kund'gen Jahresbücher
    Verschlossen hat die flügelschnelle Zeit.

Wo ist die Schönheit, wo die Jugendblüthe,
    Wo jene Anmuth? Was hast du von Ihr,
Die von so süßem Liebesfeuer sprühte,
    Die einst mein eigen Selbst entrissen mir?

Du wurdest gleich nach Evnara gerriesen
    Mit deiner liebenswürdigen Gestalt;
Ihr hatte wenig Jahre zugewiesen
    Des Schicksals unerbittliche Gewalt.

Doch du erlebst das hohe Ziel der Kraben,
    Damit die Jünglinge, die dich geliebt,
Mit lautem Hohngelächter könnten sehen
    Die Fackel, die in Asche nun zerstiebt.

14. Ode. An Augustus.

Was kann das Volk und der Senat gewähren,
Um dich, August, nach aller Würdigkeit
Für spätgeborner Enkel ferne Zeit
Mit Titeln, Schrift und Marmorstein zu ehren?

Du allergrößster Fürst, so weit nur brennen
Die Sonnenstrahlen auf ein wirthlich Land,
Dich lernten jüngst, mit Rom noch unbekannt,
Vindeliker in Waffenthaten kennen.

Mit deinem Heer hat Drusus sich an Brennen,
Und der Genaunen furchtbarem Geschlecht
Noch über der Vergeltung Maß gerächt
Und ließ die Alpenschlösser niederbrennen.

Dann brachte unter günst'gem Vogel=Zeichen
Der ältre Sprosse vom Neronenblut
Der wilden Rhäter ungestüme Wuth
In einer fürchterlichen Schlacht zum Weichen.

Ein herrlich Schauspiel, wie er in dem Streite
　　Des Mars die Feinde, die mit Freiheitslust
　　Dem Tode boten ihre offne Brust,
Hinmähte und das Blutbad stets erneute.

Gleich wie der Süd, wenn die Plejaden trennen
　　Der Wolken Flor, die Wellen in den Schooß
　　Des Meeres wirft, so sah man ihn zu Roß
Durch Flammen und der Feinde Schaaren rennen.

So wälzt der wilde Aufidus die Wellen,
　　Der Daunus Reich durchströmt mit seiner Fluth,
　　Wenn seine Wasser mit empörter Wuth
In die bebauten Felder überschwellen;

Wie Claudius die Reihen der Barbaren
　　Die ehernen durchbricht mit Sturmgewalt,
　　Die hintern mähend und die vordern bald, —
Ein Sieger ohne Blut von seinen Schaaren!

Du gabst dein Heer und deines Rathes Frommen
　　Und deine Götter ihm; denn an dem Tag,
　　An dem dir Alexandria erlag
Und du den Hafen und die Burg genommen,

Horaz Oden.　　　　　　　　　　　　　　**16**

Hat nun im dritten Luſtrum deine Kriege
Das Glück zu günſtigem Erfolg gelenkt
Und immer neuen Ruhm und Glanz geſchenkt,
Nachdem du dir errungen dieſe Siege.

Dich ſieht mit Staunen an der flücht'ge Scythe,
Der ſonſt noch nie bezwungne Cantaber,
Das Volk der Meder und der Indier,
Du Schirm von Rom und ſeinem Herrſchgebiete.

Der Nil, der in Geheimniß birgt die Quellen,
Der Tigris und der Iſter dienet dir,
Der Ocean, erfüllt mit Seegethier,
Der um die fernen Britten treibt die Wellen.

Der ſtolze Spanier ehrt dich als Gebieter,
Der Gallier, der ſelbſt das Grab nicht ſcheut,
Und der Sygamber, den der Mord erfreut,
Sie Alle ſtrecken ihre Waffen nieder.

15. Ode. An August.

Bezwungne Städte, Schlachten wollt' ich singen,
    Da stieß mich Phöbus mit der Leier an,
Daß ich nicht mit des Schiffleins kleinen Schwingen
    Befahre den Tyrrhener-Ocean.

O Cäsar, deine Zeit macht überfließen
    Von reicher Früchte Fülle unser Feld;
Sie hat von Parther-Pfosten abgerissen
    Und Zeus die Adler wieder zugestellt.

Sie schloß vom Krieg befreit den Janus wieder,
    Dem Laster hat sie Zügel angelegt,
Die Schuld und das Verbrechen hält sie nieder,
    Und alte Kunst und Art wird neu gepflegt;

Durch welche einst Italien hoch gestiegen
    Und der Lateiner Namen weit erklang,
Die uns den ganzen Erdkreis half besiegen
    Vom Sonnen-Aufgang bis zum Niedergang.

Wenn Cäsar wacht, so raubt uns nicht den Frieden
  Gewaltthat und der Bürgerkriege Wuth,
Noch darf in unglückfel'gen Städten wüthen
  Des Schwertes Schärfe und des Zornes Gluth.

Das jul'sche Recht wird Keiner übertreten,
  Der aus der tiefen Donau Waffer trinkt,
Noch trotz'ge Perfer, Seren oder Geten,
  Noch wer am fernen Tanais entspringt.

Doch wir, an heil'gen und unheil'gen Tagen,
  Wir bringen Opfer unfern Göttern dar,
Erfreut von Bacchus munteren Gelagen,
  Mit unfrer Frauen, unfrer Kinder Schaar.

Nach Väter=Sitte preisen wir die Helden
  Und wollen unter lyd'schem Flötenton
Von Ilium und von Anchyfes melden
  Und von der holden Aphrodite Sohn.

Fünftes Buch.

1. Ode. An Mäcenas,

als er zur Schlacht von Actium fuhr.

Du willst dich im Liburner-Fahrzeug wagen
An Schiffe, welche wie Kastelle ragen,
   Und bist bereit, o theurer Freund Mäcen,
   Mit Cäsar in Gefahr und Tod zu gehn.
Und ich, den nur mit dir vereint auf Erden
Das Leben freut, was soll aus mir denn werden?
   Soll ich gebotner Ruhe pflegen hier,
   Die nur allein erträglich ist mit dir?
Soll ich mich selbst in die Gefahr begeben,
Wie's Männern ziemet, welche nicht erbeben?
   Wohlan! ich will an deiner Seite geh'n
   Mit festem Muthe auf der Alpen Höh'n,
Und auf den Kaukasus den menschen-leeren
Und nach des Occidents entlegnen Meeren.
   Du fragst, was ich für Hilfe leisten kann,
   Ein schwacher und unkriegerischer Mann?

Der Sorgen, die mich in der Ferne plagen,
Werd' ich in deiner Nähe mich entschlagen.

So scheut der Vogel bei der Brut im Nest
Viel weniger, als wenn er sie verläßt,
Die Schlange, nicht als ob vor den Gefahren
Sie könnte seine Gegenwart bewahren.

Ich werd', um deiner Güte werth zu sein,
Nicht die, noch andere Gefahren scheun.
Nicht damit eine größre Anzahl Stiere
Den Pflug auf meinem Ackerfelde ziere;
Noch daß die Herden von Calabrien
Im Sommer nach Lucaner=Weiden gehn;
Noch daß auf Tusculums erhabnen Höhen
Mir schimmernd mög' ein marmorn Landhaus stehen.

Genug, zum Ueberfluß gab bis daher
Mir deine Güte, und ich will nicht mehr,
Um es als geiz'ger Chremes einzuscharren,
Noch um es zu verprassen mit den Narren.

2. Ode. Lob des Landlebens.

O glücklich, wer entfernt von allen Sorgen
Und vor dem Zins der Wucherer geborgen
 Mit Stieren baut sein anererbtes Feld,
 Wie unsre Väter aus der alten Welt;
Wen die Trompeten nicht zur Schlacht erwecken,
Noch des erzürnten Meeres Wellen schrecken;
 Wer von dem Stuhl des Richters bleibet fern
 Und von dem Vorsaal übermüth'ger Herrn;
Wer mit den höher aufgeschoßnen Ringen
Der Reben sucht die Pappel zu umschlingen,
 Wer faule Zweige mit der Hippe nimmt
 Und lebenskräftige dafür bestimmt.
Bald sieht er seiner Herde muntre Reihen
Sich in dem stillen Wiesengrund zerstreuen,
 Bald wird der Honig ins Gefäß gedrückt,
 Bald Wolle von den Schafen abgepflückt;

Und wenn hierauf der Herbst sein Haupt erhoben,
Mit süßer Früchte reichem Kranz umwoben,
   O Wonne, wie er Trauben roth geschmückt,
   Mit eigner Hand gepflanzte Birnen pflückt,
Und dem Priap zum Weihgeschenke bietet
Und dir Sylvan, der ihm die Grenzen hütet! —
   Bald liegt er unter alte Eichen hin
   Und bald auf seiner Wiesen frisches Grün,
Indeß am Ufer rasch vorüber springen
Die Wellen und im Hain die Vögel singen,
   Und sanfter Quellen Murmeln tönt darein
   Und ladet ihn zum leichten Schlummer ein.
Doch wenn die Winterstürme dann sich regen
Und Zeus mit Donnern sendet Schnee und Regen,
   So treibt er ins gestellte Garn hinein
   Mit seiner Hunde Trupp das wilde Schwein;
Gefräß'ge Drosseln sucht er zu berücken,
Mit Netzen an der Stange zu umstricken,
   Die Schlingen bringen ihm noch obendrein
   Den Wander=Kranich und den Hasen ein.
Wer dächte noch bei allen diesen Dingen
An Sorgen, welche Liebeshändel bringen? —
   Wenn für das Haus und für der Kinder Heil
   Die keusche Gattin sorgt in ihrem Theil,

Wie eine von den flinken braunen Frauen
Sabinums oder von Apuliens Auen,

    Und bei der Heimkehr für den müden Mann
    Am heil'gen Herd das Feuer schüret an

Und in den Stall verschließt die muntre Herde,
Nachdem sie ihr die vollen Euter leerte,

    Und aus dem Faß des Jahres süßen Wein
    Zum ungekauften Imbis schenket ein;

Dann sehn' ich nimmer mich nach leckern Tischen
Mit Austern von Lucrin und seltnen Fischen,

    Mit Brassen, die vom fernen Morgenland
    Der Sturm des Winters trieb an unsern Strand.

Kein jonisch Rebhuhn füllt mir dann den Magen,
Kein afrischer Fasan wird mir behagen.

    Viel besser schmeckt mir der Olive Frucht
    Vom fettsten Ast des Baumes ausgesucht,

Die Sauerampfer, die auf Wiesen grünen,
Und Malven, welche zur Verdauung dienen,

    Ein Lamm geschlachtet an dem Grenzenfest,
    Ein Böcklein, von des Wolfes Zahn erlöst. —

Wie thut es wohl bei solchem Mahl zu sehen,
Wie Schafe von der Weide heimwärts gehen,

    Wie müde Stiere in erschlafftem Zug
    Nach Hause ziehn den umgekehrten Pflug,

Und wie sich rings um blank gebohnte Laren
In reicher Zahl des Hauses Sklaven schaaren! —

So sprach bei sich der Wuchrer Alsius
Und träumte schon von ländlichem Genuß,
Er trieb die Zinsen ein in Mitte Maien,
Um sie am ersten Juni auszuleihen.

3. Ode. An Mäcenas.

Dem, dessen Hände einmal frevelhaft
Des eig'nen Vaters greises Haupt erschlagen,
   Gebt Knoblauch, schädlicher als Schierlingssaft.
Von Stahl und Eisen sind der Schnitter Magen! –

   Wie mir dies Gift in den Gedärmen frißt!
Hat Vipernblut man in's Gemüs' gemischet,
   Wie, oder hätte gar mit arger List
Canidia die Speisen aufgetischet? —

   Als einst der Argonautenfürst das Land
Mit unbekannten Stieren pflügen sollte,
   Da salbt' mit Knoblauch ihn Medeas Hand,
Die ihm vor Allen wohl im Herzen wollte.

Mit diesem Kraut bestrich sie das Gewand,
Das sie hierauf als ein Geschenk der Rache
　Der zweiten Gattin des Gemahls gesandt,
Und dann entführte sie ein Flügel=Drache.

Der Himmel hat Apuliens dürres Land
Noch nie mit solchem schwülen Dunst umzogen,
　So schrecklich hat des Feierkleides Brand
An des Herakles Schultern nicht gesogen.

Wenn je, Mäcen, im Scherz dich der Genuß
Von einer solchen Speise locken könnte,
　So weig're dir dein Mädchen einen Kuß
Und rücke weg bis an des Lagers Ende.

4. Ode. Auf einen Kriegtribun.

Wie Wolf und Lamm sich hassen von Natur,
So haß ich dich, dem noch der Fesseln Spur
Am Fuß sich zeigt, und der noch auf dem Rücken
Die Male trägt von den Iberer=Stricken.

    Thu' dir auf deinen Reichthum nichts zu gut,
    Das Geld veredelt kein gemeines Blut!
Wenn dich die Leute übers Forum sehen
Mit der sechs Ellen langen Toga gehen.

    So dreh'n sie da und dort hin das Gesicht
    Und unverhalt'ner Widerwillen spricht:
„Er, den des Richters Geißel so zerhauen,
„Daß es dem Büttel selber mußte grauen,

    Baut tausend Morgen auf Falernums Höh'n,
    Läßt sich zu Roß im app'schen Wege seh'n,
„Und sitzt im Schauspiel auf der Ritter Plätzen
„Zum Trotze den othonischen Gesetzen.

    Was zieht man denn mit so viel Schiffen los,
    Um der Piraten und der Sklaven Troß
„Zu dämpfen, wenn des Heeres Leitung eben
„Ist Einem ihresgleichen übergeben?"

—❦—

5. Ode. Auf die Zauberin Canidia.

„Ihr Götter, welche ihr das Himmelszelt
  „Regieret und die Menschen und die Welt,
„Was soll der Lärmen und die arge Tücke,
„Womit sie auf mich heften ihre Blicke?
  „Bei deinen Kindern, wenn Lucinas Hand
  „Dich auf dein Flehn von eigenen entband,
„Bei meines Purpurkleides eitler Ehre
„Bei Zeus, der solche Thaten rächt, beschwöre
  „Ich dich: was blickst du so stiefmütterlich
  „Gleich einem angeschoßnen Wild auf mich?"
So sprach der Knabe unter Angst und Bangen,
Da riß man ihm vom Leib die gold'nen Spangen,
  Ein Thraker=Herz der allerrohsten Art
  Hätt' er bewegt, an Wuchs noch jung und zart.
Canidia, mit kleinen gift'gen Schlangen
Das ungekämmte schmutz'ge Haupt umfangen,
  Nimmt jetzt Cypressen von der Todtengruft
  Und Feigenholz aus eines Grabes Kluft,

Der eckeln Frösche Laich, mit Blut getaufet,
Und Federn einem Uhu ausgeraufet,
    Und Kräuter, wie sie reich an gift'gem Saft
    Iberiens und Jolkos Boden schafft,
Und einem schäb'gen Hund entrißne Knochen,
Und läßt es an dem kolch'schen Feuer kochen.
    Sagana sprengt eilfertig in dem Haus
    Das Wasser von dem See Avernus aus;
Die Haare starren ihr empor noch rauher
Als einem Igel und gehetzten Hauer.
    Und Veja, welche kein Gewissen plagt,
    Von harter Arbeit laut erseufzend hackt
Mit schwerem Karste für den armen Knaben
Den Boden auf zu einem tiefen Graben.
    Er wird bis an das Kinn darein versenkt,
    Wie Einer, welcher in der Tiber hängt.
Bei Schaugerichten dreimal frisch gegeben
Verlechzt am langen Tage ihm das Leben,
    Und wenn dann endlich seiner Augen Schein
    Erlischt im Hinblick auf die Leckerei'n,
Soll aus der Leber und dem ausgedörrten
Verfaulten Mark ein Liebestränklein werden.
    Das müßige Neapel und ringsum
    Die Gegend glaubt, daß von Ariminum

Horaz Oden.   17

Die Folia, das geile Zwitterwesen,
Bei jenem Spiel zugegen sei gewesen,
Sie, welche mit thessal'schem Zauberklang
Die Sterne und den Mond heruntersang. —
Was hörte man Canidia denn sagen
Und was verschwieg die Arge unterm Nagen
Am unbeschnittnen Daum mit gelbem Zahn?

„Nacht und Diana, die ihr zugethan
„Mir seid, und welche Alles schweigen heißen,
„Wo man begeht geheime Opferweisen!

„Jetzt helft mir, sendet gegen Feindes Haus
„Mit aller Macht nun eure Pfeile aus,
„So lange von dem düstern Wald umsäumet
„Das scheue Wild in süßem Schlummer träumet!

„Der alte Ehebrecher flieh' zum Hohn
„Der Leute unter Hundgebell davon,
„Mit einer Nardensalbe eingeschmieret,
„Wie ich noch keine beßre angerühret.

„Doch was geschieht! Verlor die alte Kraft
„Der kolchischen Medea Zaubersaft,
„Mit dem sie an der Buhlerin sich rächte,
„Die aus des Creon fürstlichem Geschlechte
„Entstammte, als das Kleid mit Gift getränkt
„Die Neuvermählte jämmerlich versengt?

„Ich habe doch kein Kräutlein übersehen,
„Es mochte auch im rauhsten Dickicht stehen.
　„Bei Dirnen liegt er, von Vergessenheit
　„Bezaubert und von meinem Bild befreit.
„Ja! ja! ich hab's! Er ist von mir gewichen
„Gebannt von einer größern Zaub'rin Sprüchen!
　„Allein es wird dich, von Verzweiflung krank,
　„O Varus, bald ein nie versuchter Trank
„Zurück in deiner Gattin Arme führen,
„Dann wird kein Marser=Spruch dich ferner rühren.
　„Und sollte dir es auch zum Eckel sein,
　„Noch voller schenk ich dir den Becher ein.
„Und leichter ist's, daß unter diese Erde
„Das Himmels=Zelt herabgesenket werde,
　„Als daß du nicht, von meiner Lieb' entbrannt,
　„Erglühst wie Pech an einer Fackel Brand."
Der Knab' ersieht nicht mehr in seinen Nöthen
Die Unbarmherzigen mit sanften Reden,
　Noch unentschlossen, was er sagen soll,
　Verwünscht er sie mit des Thyestes Groll:
„Das Gift mag Recht und Unrecht wohl begehen,
„Doch kann es nie des Schicksals Schluß verdrehen.
　„Ich fluche euch und diesen Fluch von mir
　„Entkräftet kein geschlachtet Opferthier.

„Und muß ich wirklich scheiden aus dem Leben,
„Werd ich bei Nacht euch als Gespenst umschweben.

  „Die Wangen will ich euch mit krummen Klau'n
  „Nach meiner Macht als Mane dann zerhau'n.

„Von der beklemmten Brust will ich nicht weichen
„Und euch den Schlummer von den Augen scheuchen.

  „Mit Steinen werfend jagt von Ort zu Ort
  „Das Volk euch häßlich alte Weiber fort,

„Die Wölfe und die Esquiliner=Raben
„Verschleppen eure Glieder unbegraben;

  „Den Eltern, ach! den überlebenden,
  „Soll dieses Rache=Schauspiel nicht entgeh'n."

—◆—

6. Ode.
Auf den Schmähdichter Cassius Severus.

Was fällst du Hund harmlose Fremde an,
Und fliehst doch feige vor des Wolfes Zahn?
Nur gegen mich, der sich doch wieder wehrt,
Wenn du es wagst, dein leeres Droh'n gekehrt!
Denn wie ein Hund von gelber Sparter=Art,
Der treu die Herde und den Hirten wahrt,
Verfolge ich im tiefen Schneegefild
Mit aufgespitztem Ohre jeglich Wild.
Du aber leckst nach einem Bissen bald,
Wenn auch dein laut Gebell den Hain durchhallt.
Doch hüte, hüte dich vor meinem Zorn,
Die Schurken treffe ich mit scharfem Horn,
Wie einst der Feind des Bupalus gethan
Und des Lycambs betrogner Tochtermann.
Gleich dem gescholtnen Knaben wein' ich nicht,
Wenn Einer mich mit gift'gem Stachel sticht.

7. Ode. An die Römer.

Wohin ihr Frevler? und was faßt die Hand
Das eingesteckte Schwert mit neuer Wuth?
Ist denn noch nicht genug Lateiner=Blut
Vergossen auf dem Meer und auf dem Land?

Nicht, daß Carthagos stolze Burg ein Raub
Der Römerflammen werde, oder doch
Der Britte, unbekannt mit unsrem Joch
Einhergeh' durch der heil'gen Straße Staub.

Nein! daß der Wunsch der Parther sei erfüllt,
Und Rom durch eignen Zwist zusammenbricht,
Das ist des Wolfs und Löwen Sitte nicht,
Sie wenden sich nur gegen fremdes Wild.

Reißt blinde Wuth, reißt höhere Gewalt
   Euch fort? ist's eigne Schuld? Antwortet mir!—
   Sie stehen stumm mit blassem Antlitz hier
Und sind von kaltem Schauder überwallt.

So ist's, es liegt auf Rom ein finstres Loos,
   Und jenes Brudermordes blinde Wuth,
   Seit jenem Tag, da Remus schuldlos Blut
Zum Fluch den Enkeln auf die Erde floß.

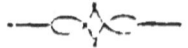

9. Ode. An Mäcenas,
nach der Schlacht von Actium.

Wann trink ich Cäcuber, schon längst zum Mahle
Zurückgelegt, in deinem hohen Saale,
 O seliger Mäcen, zum Siegesfest
 Augusts, das Jupiter uns feiern läßt?
Wann wird in dorischen und fremden Klängen
Die Flöte mit der Leier sich vermengen,
 Wie neulich, als nach seiner Schiffe Brand
 Der Sohn Neptuns sich auf die Flucht gewandt,
Der Rom gedroht mit Fesseln, die er Knechten
Als Bundsgenosse abnahm, zu umflechten. —
 Ein Römer, — läugne es o Nachwelt doch —
 Begiebt sich unter eines Weibes Joch,
Beladet sich mit Waffen und mit Pfählen,
Er fügt sich schändlichen Eunuchen-Seelen
 Und unter Kriegeszeichen sieht, o Schmach,
 Die Sonn in seinem Zelt ein Mückendach.
Die Gallier wandten um darob verdrossen,
Den Cäsar singend, mit zweitausend Rossen,

Indeß des Feindes Flotte in die Bucht
Des Hafens linksum zu entrinnen sucht. —
Jo Triumph! Hervor den goldnen Wagen,
Und Stiere her, die nie ein Joch getragen!
     Jo Triumph! nicht aus Jugurthas Schlacht
     Hast einen solchen Helden du gebracht!
Auch gleichet ihm der Afrikaner nimmer,
Der sich zum Grab gesetzt Carthagos Trümmer.
     Bezwungen ist der Feind zu Meer und Land,
     Zum Trauerkleide wird sein Kriegsgewand.
Will er nach Creta und den hundert Städten
Mit einem widerwärt'gem Wind sich retten,
     Sucht er die sturmbewegten Sorten auf,
     Irrt er vielleicht in ungewissem Lauf? —
Auf! bringet größre Becher her, ihr Knaben,
Mit Chier und mit Lesber uns zu laben,
     Und schleppet milden Cäcuber heran,
     Der einem schlaffen Magen helfen kann!
Die Sorge, die wir um August gefühlet,
Sie sei mit süßem Weine weggespület!

10. Ode. Auf den Mävius.

Dies Schifflein fährt auf unheilvollen Pfaden
Mit Mävius dem Sündenbock beladen.
Vergiß nicht, Süd, mit schrecklichen Gewittern
Von beiden Seiten her es zu erschüttern,
 Der Ostwind schleudre auf dem wilden Meer
 Die Taue und die Ruder hin und her,
 So grimmig wüthend soll der Nordwind wehn,
 Wie wenn er Eichen stürzt auf Bergeshöhn.
Und wenn Orion droht mit nächt'gen Stürmen,
So soll kein freundlich Sternlein es beschirmen.
Auf ruhigerem Meere soll's nicht fahren,
Als einst der Griechen siegestrunkne Schaaren,
 Da sich der Pallas Zorn nach Trojas Brand
 Auf Ajax fluchbeladnes Schiff gewandt.
 Ha! welche Arbeit droht der Mannschaft nicht,
 Wie deckt dir Todtenbläße das Gesicht?

In weib'schem Jammern sollst du dich verzehren,
Und Zeus wird deine Bitten nicht erhören,
Wenn dir, vom feuchten Süd empört, die Wellen ˙
Dein Schifflein in der jon'schen Bucht zerschellen.
    Und wann am krummen Ufer ausgesetzt
    Dein Fleisch als fetter Fraß die Möven letzt,
    So bringe ich der Stürme wilder Schaar
    Ein Lämmlein und ein brünstig Böcklein dar.

11. Ode. An Pettius.

Es freut mich nimmermehr durch Verseschreiben
Die Zeit, o Pettius, mir zu vertreiben,
    Seit mich Cupidos Pfeil so schrecklich quält,
Cupidos, der vor Allen mich erwählt:
Für Knaben, die in zarter Jugend blühen,
Und für der Mädchen Schönheit zu erglühen.
    Schon dreimal hat der Wintersturm zerstört
    Den Schmuck der Wälder, seit ich aufgehört,
Von Liebe zu Inachia zu rasen.
Wie ward ich zum Gespött auf allen Straßen,
    O Schmach, wie reut mich jedes Gastmahls Lust,
    An dem ein Seufzer aus der tiefen Brust,
Mein Stilleschweigen und mein dumpfes Brüten
Den Gästen meine Leidenschaft verriethen!
    Und hatte dann durch einen stärkern Wein
    Der offne Gott mir die geheime Pein

Entlockt, da klagte dir ich meine Schmerzen:
„Was fragt man nach des Armen Geist und Herzen,
  „Wo Gold sich zeigt? O daß mir doch einmal
  „Die Galle stiege, und die leere Qual,
„Die doch nichts fruchtet, in den Wind zerstreute
„Und mich die Scham vom eitlen Kampf befreite."
  Nachdem ich ernstlich so bei dir geprahlt
  Und du mich heimgehn hießest, mußte bald
Zu jenen unerbittlich harten Thüren
Der ungewisse Schritt mich wieder führen,
  Wo ich mir unter manchem Weh und Ach
  Die Lenden und die Seite fast zerbrach.
Jetzt fesselt mich Luciscus, welcher prahlet,
Daß er an Reiz die Mädchen überstrahlet,
  Kein Freundes-Rath wird mich von ihm befrei'n,
  Kein bittrer Tadel, sondern nur allein
Ein schlanker Knabe mit gezierten Locken,
Ein weißes Mädchen wird mich von ihm locken.

13. Ode. An die Freunde.

Den Himmel hat ein schwarz Gewölk umzogen,
Der Schnee und Regen strömt in wilden Wogen,
    Der Thraker=Nordwind wüthet bald im Meer,
    Bald braust er stürmend durch den Wald einher.

Laßt eilend uns des Tages Lust genießen,
O Freunde, weil wir rüstig auf den Füßen
    Noch stehen, jaget, denn noch ist's am Ort,
    Den Ernst des Alters von der Stirne fort.

Schaff Wein herbei, gekeltert in den Jahren
Torquatus meines lieben Freundes, spare
    Die Klagen, alles führet uns das Glück
    Durch einen günst'gen Wechsel noch zurück.

Jetzt ist es Zeit mit Salben sich zu reiben
Und sich die düstern Sorgen zu vertreiben
    Mit der arcad'schen Leier süßem Ton,
    Denn Chiron sagte einst zum Pflegesohn:

„Du tapfrer Sohn der Göttin wirst einst fallen,
„Wo des Scamanders frische Wellen wallen
  „Durch Trojas Auen und wo in dem Sand
  „Der Simoïs sich schlängelt durch das Land.

„Denn mit dem abgerißnen Faden wehren
„Die Parzen dir von dort nach Haus zu kehren.
  „Du steuerst nimmer durch den blauen Schooß
  „Von deiner Mutter auf die Heimath los.

„Drum suche dort die Sorgen wegzuspülen,
„Die dir mit Falten das Gesicht durchwühlen,
  „Durch lustige Gespräche und Gesang
  „Und durch der vollen Becher muntern Klang!“

14. Ode. An Mäcenas.

„Warum ich sei in Läßigkeit versunken,
„Die alle meine Sinne hält gefangen,
„Als hätte mit begierigem Verlangen
„Aus Lethe einen Schlaftrank ich getrunken?

So hör ich dich mit Fragen in mich dringen,
O glänzender Mäcen! — Ein Gott verbietet
Die Jamben, deren Anfang ich geschmiedet,
Wie ich es dir versprach, zu End' zu bringen.

So hat Anacreon nach alten Sagen
Geglühet für Bathyll in heißem Triebe,
Und oft, wenn er geklagt von seiner Liebe,
Die hohle Leier ohne Takt geschlagen.

Du liebst ja selbst; durch schönrer Liebe Feuer
Ward Troja nicht zerstört, darum erfreue
Dich dran! — Bei mir ist Phryne an der Reihe,
Die nicht zufrieden ist mit Einem Freier.

15. Ode. An Neära.

Nacht war es und es glänzte an dem Himmel
Die Luna helle unterm Sterngewimmel,
Da hiengst du mir am Arme gleich den Ringen
Des Erpheus, die die Eiche fest umschlingen,
Und gabst, um jetzt dem Zeus den Eid zu brechen,
In meine Hand dies heilige Versprechen:
„So lang den Schafen vor dem Wolf, so lange
„Den Schiffern ist vor dem Orion bange,
„Wenn er im Winter drohet mit Gefahren,
„So lang' in Phöbus ungeschor'nen Haaren
„Der Zephyr spielt, soll unsre Liebe dauern."
Du wirst noch über meine Rache trauern,
So wahr ein Mann ich bin, ich duld' es nimmer,
Daß du, Neära, einem Günstling immer
Die Nächte schenkst. Ich suche meines gleichen,
Der Groll wird nimmer deinen Reizen weichen,
Wenn er mich einmal ernstlich hat durchdrungen. —
Du aber, wer du seiest, dem's gelungen,

Stolz über meine Schmach einherzuschreiten,
Du seiest reich an Herden und an Weiden,
Pactolus möge deine Schätze mehren,
Du magst Pythagoras geheime Lehren,
Der zweimal auf die Erde kam, verkünden,
Und magst an Schönheit Nireus überwinden,
Platz mußst du trauernd einem Andern machen,
Dann ist die Reih' an mir, dich auszulachen.

16. Ode. An die Römer.

Zwei Menschenalter zehren Bürgerfehden
Schon auf, durch eigne Kraft wird Rom zertreten,
   Das einst die Marser=Nachbarn nicht versehrt,
   Noch Capua, die eifernde, zerstört,
Noch des etruskischen Porsena Drohen,
Noch Spartacus, der grimme, noch die rohen
   Germanen mit den blauen Augen, noch
   Die Gallier, die treulos gern das Joch
Abschütteln, wenn sich Neuerungen regen,
Noch Hannibal, der alten Väter Schrecken.
   Wir stürzen Rom mit fluchbelad'ner Hand,
   Bald fällt den wilden Thieren heim das Land.
Barbaren werden Rom zu Asche brennen,
Mit lautem Hufschlag durch die Straßen rennen,
   Und werden des Quirin Gebein zerstreu'n
   Noch unberührt von Wind und Sonnenschein.

Ihr Alle, oder doch die Bessern fragen:
Wie können wir uns dieser Noth entschlagen?
  Und sicher ist wohl dies der beste Rath:
  Wie aus Phocäa einst die ganze Stadt
Auszog und sich verfluchte und die Laren
Verließ, und für der Wölf' und Eber Schaaren
  Zur Wohnung gab die Tempel und das Feld,
  So laßt uns ziehen in die weite Welt,
So lang uns immer unsre Füße tragen
Und West= und Südwind durch die Wellen jagen.
  Gefällt's euch, oder wißt ihr bessern Rath?
  Wohlan! was säumen wir, auf frischer That
Bei günst'gen Zeichen uns zum Schiff zu kehren? —
Doch müsset ihr zuvor mir also schwören:
  Sobald die Felsen schwimmen in dem Meer,
  So sei die Heimkehr kein Verbrechen mehr,
Sobald der Po benetzt Matinums Höhen,
So wollen wir die Segel heimwärts drehen,
  Wenn in das Meer der Apenninus springt,
  Und Liebe Feindliches zusammen zwingt,
Die Tiger mit den Hirschen Junge zeugen,
Zu Geiern sich die Turteltauben neigen,
  Das Rind den gelben Löwen nimmer scheut,
  Mit Schuppen sich der Bock im Meer erfreut. —

Wohlan, so laßt uns Alle gehn und schwören
Dies und was sonst die Rückkehr mag verwehren,
   Wo nicht, so komme doch der beßre Theil,
   Der Feigling aber bleib', an allem Heil
Verzweifelnd, auf dem Unglückslager liegen.
Wir aber, so viel Männer sind, besiegen
   Die weibermäß'ge Trauer, und gewandt
   Umsegeln rasch wir das Etrusker-Land!
Das Meer erwartet uns, das sel'ge Lande
Umströmt, wir schiffen nach dem fetten Strande
   Der Inseln, wo die Ceres jährlich sproßt
   Auf ungepflügtem Acker, und der Most
Gesammelt wird von unbeschnittnen Reben
Und die Oliven immer Früchte geben.
   Der süße Feigenbaum ist dort daheim,
   Aus hohlen Eichen fließt der Honigseim,
Und mit den munteren geschwäz'gen Wellen
Entströmen von den Bergeshöhn die Quellen.
   Zum Melken kommt die Ziege selbst herbei
   Mit stroz'gen Eutern zu der Sennerei.
Des Nachts umbrüllt kein Bär den Stall der Herde,
Noch schwillt von Otterngift der Schooß der Erde.
   Noch andre Wunder schau'n wir Seligen,
   Mit Strömen Regens fegt des Eurus Wehn

Die Felder nicht, noch dörrt das Land die Saaten,
Denn Zeus verhütet den und jenen Schaden.

Dort kommt der Argonauten Schiff nicht hin,
Noch jene pflichtvergeß'ne Kolcherin
Kein tyrisch Segel ist noch angefahren,
Noch des Ulysses mühevolle Schaaren.

Zeus hielt dies Land für frommes Volk bereit,
Als er in Erz umgoß die gold'ne Zeit,
Das Erz hat er in Eisen jetzt verkehret,
Doch dem entrinnt der Brave, der mich höret.

17. Ode. An Canidia.

Horaz.

Ich weiche deiner Kunst, Canidia,
Und bitt' im Staube bei Proserpina,
Bei der Diana unnahbarem Wesen,
Bei deinen Sprüchen, weislich auserlesen,
 Die hemmen der erhab'nen Stürme Lauf:
 O höre doch mit deinem Zauber auf!
Und laß den Kreisel wieder rückwärts gehen.
Hat doch des Nereus Enkel einst das Flehen
 Des übermüth'gen Telephus gerührt,
 Der wider ihn die Myster geführt
Und spitze Pfeile gegen ihn geschossen.
Mit Salben haben dennoch übergossen
 Matronen aus dem alten Ilion
 Den Menschenwürger Hektor, ob er schon
Bestimmt war für die Hunde und die Raben,
Denn Priamus kam über Wall und Graben

Und warf sich zu Achilles Füßen hin,
Bis er erweichte seinen harten Sinn.
Den Freunden des Ulysses wurden wieder
Von ihren Borsten frei die rauhen Glieder
    Auf Circes Wink, es kehrte ihnen bald
    Sinn und Verstand und menschliche Gestalt. —
Genug und schon zuviel hab ich gebüßet,
Du, die die Krämer und Matrosen küsset,
    Die jugendliche Farbe flog davon
    Und gelbe Haut bedeckt mein Antlitz schon,
Von deiner Salbe ist mein Haar erblichen
Und alle Ruhe ist von mir gewichen
    Die Nacht vertreibt den Tag, der Tag die Nacht,
    Und noch hat mir kein Seufzer leicht gemacht.
Das nie Geglaubte muß ich Armer glauben,
Daß ein Sabeller=Lied des Sinns berauben,
    Ein Marserspruch zersprengen kann das Herz.
    Was willst du mehr? O Erd', o Meer! Der Schmerz
Verzehrt mich brennend, wie einst den Alciden
Des Nessus Blut und wie der Flammen Wüthen
    In dem sicil'schen Berg. Und immerfort,
    Bis ich zum Aschenhäufchen eingedorrt,
Und mich der Wind entführt in alle Lüfte,
Erglühest du, du Werkstatt kolch'scher Gifte!

Welch Ende, welcher Lohn erwartet mich?
Ich leide jede Buße gern, o sprich,
Ich will dir hundert Opferstiere bringen,
Will dich mit lügenhafter Leier singen,
   Du fromme Keuschheit sollst mit goldnem Glanz
   Versetzt sein unter der Gestirne Kranz.
Dem Sänger gaben einst die Zwillingsbrüder
Auf seine Bitten doch die Augen wieder,
   Die sie aus Rache ihm zuvor geraubt,
   Weil er sich Helena zu schmäh'n erlaubt.
Gieb die Vernunft mir wieder, o du Gute,
Du kannst's. — Du stammst nicht von gemeinem Blute.
   Du bist kein altes Weib, das aus der Gruft
   Des Armen streut die Asche in die Luft.
Dein Herz ist menschlich, rein sind deine Hände.
Dein Leib ist fruchtbar und wenn du behende
   Dem Wochenbett entspringst, so wascht den Fleck
   Des eignen Bluts vom Tuch die Amme weg.

Canidia.

Laß ab! Mein Ohr ist tauber für dein Flehen,
Als Felsen bei der Winterstürme Wehen
   Im salz'gen Meer dem nackten Ruderknecht.
   Verlachen solltest du mir ungerächt

Des zügellosen Amors heil'ge Dienste
Und der Cotytto buhlerische Künste,
   Du sollst mich straflos bringen ins Geschrei,
   Du Oberpriester aller Zauberei?
Umsonst soll ich Peligner=Weiber dingen,
Um ein verderblich Gift dir beizubringen? —
   Doch nein! Dich trifft ein langsamerer Tod,
   Als ich gewünscht, du mußt in Angst und Noth
Dein Leben führen, daß du alle Tage
Erleiden mögest neuen Schmerz und Plage.
   So sehnet sich nach Ruhe Tantalus,
   Der bei besetzter Tafel darben muß,
Prometheus für die Adler angeschmiedet,
Und Sisiphus, der ewig unermüdet
   Den Berg hinan den Felsen treiben muß,
   Allein umsonst, sie hindert Zeus Beschluß!
Im Ueberdruß des Lebens wirst du sinnen,
Dich bald zu stürzen von den höchsten Zinnen,
   Bald zucktest du den Dolch mit eigner Hand
   Auf deine Brust, bald knürfest du ein Band
Um deine Kehle, doch umsonst! Ich werde
Dir auf den Nacken sitzen und die Erde
   Gehorchet meinem Uebermuth und bebt. —
   Ich, die, du weißt's, ein Bild von Wachs belebt,

Die von dem Himmel ruft den Mond hernieder,
Die auferwecken kann verbrannte Glieder,
  Und Liebestränke mischt, ich sollte sehn
  All' meine Kunst an dir zu Schanden gehn!

18. Ode.
Gesang zur hundertjährigen Jubelfeier.

Apoll' und du, der Wälder Königin,
Diana, herrlich strahlend Himmelsfeuer,
Ihr stets gefeiert, und auch werth der Feier,
　　Erhöret uns, die betend vor euch knien!

Am heut'gen Feste bringt ein Loblied dar
Den Göttern, die die sieben Hügel lieben,
Wie der Sibylle Buch es vorgeschrieben,
　　Ihr reine Jungfraun und du Knaben=Schaar!

O hehrer Sonnengott, der du den Strom
Des Tageslichts im Wagen bringst und neigest,
Und immer neu empor derselbe steigest,
　　Ach möchtest du nichts Größres schau'n als Rom!

Du Ilithya, die mit sanfter Hand
Die reife Frucht an's Licht bringt, wache über
Die Mütter, oder bist vielleicht du lieber
    Lucina oder Retterin genannt?

O Göttin, gieb uns Nachwuchs, fördre du
Des Raths Beschlüsse über das Vermählen
Der Töchter, laß das Eh'gesetz nicht fehlen,
    Das uns der Kinder Segen führet zu!

Damit, wenn einst der Kreislauf ist vollbracht
Von eilf Jahrzehnden, sich das Spiel erneue
Und dreimal sich das Volk bei Tag erfreue
    Und dreimal in der wonnevollen Nacht.

Ihr Parzen, die ihr mit Wahrhaftigkeit
Verkündet, was das Schicksal ausgesprochen,
Und niemals habet euer Wort gebrochen,
    Fügt gute Zukunft zur Vergangenheit.

O Erde, voll von Vieh und Fruchtbarkeit,
Bekränze du der Ceres Haupt mit Aehren,
Und ihr Erzeugniß möge Zeus ernähren
    Mit guter Luft und frischer Regenzeit.

Apollo, höre du mit mildem Sinn
Der Knaben Flehen und verbirg den Bogen,
Dagegen sei den Mädchen du gewogen,
Du zwiegehörnte Sternenkönigin!

Ist Rom eu'r Werk, und haben an dem Strand
Etruriens gelandet Trojer-Schaaren,
Die auf Befehl der Götter ihre Laren
Verlassen und das theure Heimathland,

Und hat sie einst Aeneas unverletzt,
Der fromme Held, der von dem Vaterlande
Noch übrig blieb, geführt aus Trojas Brande
Und ihnen mehr als den Verlust ersetzt;

So gebt: daß Sittsamkeit die Jugend schmückt,
Ihr Götter, gebt den Alten Ruh und Frieden,
Und Nachwuchs sei dem Römervolk beschieden
Und Macht und Ruhm und Alles, was beglückt!

Und Er, aus Venus und Anchises Blut
Entstammt, der euch verehrt mit weißen Farren,
Sei stets ein Sieger über Kriegerschaaren
Und gegen die Besiegten mild und gut.

Vor Albas Beilen und vor unsrem Heer,
Zu Wasser und zu Land allmächtig, beben
Die Meder, Roms Befehle holt ergeben
    Der stolze Scythe und der Indier.

Die Tugend, welche lange von uns wich,
Der Frieden und die Zucht und Glaub' und Treue,
Sie kehren jetzt zurück, es zeigt auf's Neue
    Der Ueberfluß mit seinem Füllhorn sich.

O Seher Phöbus, den der Bogen schmückt,
Der neun Camönen Liebling und Entzücken,
Der kunstreich weiß die Glieder zu erquicken,
    Wenn blasse Krankheit sie darniederdrückt:

Sieh' gnädig nieder auf den Palatin,
Erfülle Rom und Latium mit Segen,
Den kommenden Jahrhunderten entgegen
    Laß es in immer neuem Glanze blühn!

Und du, Diana, die den Aventin
Und Algidus zum Sitz erkor, gewähre
Der Fünfzehn-Männer Bitten und erhöre
    Das Flehn der Knaben mit geneigtem Sinn!

Daß Zeus mit allen Göttern uns erhört,
Die Zuversicht kann ich nach Hause bringen,
Ich Festchor, der Dianas Lob zu singen
Und Phöbus Ruhm zu preisen ward gelehrt.

☞ **Druckfehler - Verbeſſerungen:**

Seite 9. Zeile 6 von unten lies **und** statt um.
„ 10. „ 3 von unten lies **Scherz** statt Schmerz.
„ 19. „ 6 von unten lies **verkündiget** statt verkündet.
„ 22. „ 5 von oben lies **vom** statt von.
„ 118. „ 4 von unten lies **frühes** statt kühles.
„ 214. „ 3 von unten lies **Deß** statt Daß.
„ 219. „ 2 von oben lies **zurückwünscht** statt zurückweist.
„ 231. „ 6 von unten lies **nenneſt** statt nennſt.